Sabine Streufert

Verrat im Indianerdorf

Sabine Streufert

Verrat im Indianerdorf

Mit Illustrationen von
Eva Spanjardt

gondolino

ISBN 978-3-8112-2918-1

Coverillustration: Michaela Sangl
Covergestaltung: Christine Retz
Reihenlogo: Gisela Dürr
Printed in Germany – 008
5 4 3 2 1

Der Umwelt zuliebe gedruckt auf chlorfrei gebleichtem Papier.

www.gondolino.de

Inhalt

Nächtliche Schatten

Rund und voll steht der Mond über der Prärie. Die Tipis der Sioux werfen lange Schatten auf den Boden. Der Wind, der am Tag heftig an den Zeltwänden gerüttelt hat, ist eingeschlafen. Alles ist ruhig. In der Ferne heult ein Kojote.

Als ob er auf dieses Zeichen gewartet hätte, löst sich ein Schatten aus seinem Versteck. Ein Krieger! Geduckt schleicht er durch das hohe Steppengras auf das Lager der Sioux zu. In Gedanken verflucht er den Wind, der die Wolken des vergangenen Tages nach Westen getrieben hat. Das helle Mondlicht könnte seinen Plan gefährden. Der Krieger verharrt, lauscht und schleicht dann vorsichtig weiter.

Das Lager liegt jetzt zum Greifen nahe vor ihm. Er riecht den Rauch des Lagerfeuers, das nie ausgehen darf, und hört die Geräusche der schlafenden Sioux. Wachen sieht er keine.

Flink wie ein Wiesel huscht der Krieger zwischen den Zelten hindurch zum größten Zelt des Lagers. Es ist das Tipi des Medizinmannes.

Einen Augenblick wartet er im Schatten des großen

Zeltes und schaut sich aufmerksam um. Nichts rührt sich im Lager. Der Krieger legt ein Ohr gegen die lederne Zeltplane und lauscht. Das Tipi scheint leer zu sein. Ein kurzes Zögern noch, dann schlüpft der Krieger hinein.

Drinnen ist es dämmrig. In dem fahlen Mondlicht, das durch die geöffnete Rauchklappe fällt, erkennt er die verlassene Schlafstätte des Medizinmannes, vor der viele Töpfe dicht an dicht am Boden stehen. Der Krieger hat es eilig. Zielstrebig geht er auf die Schlafstätte zu und durchsucht mit fliegenden Fingern die Beutel aus Bisonhaut, die von den Zeltstangen herabhängen.

Schepper!

Ein Beutel mit Musikinstrumenten löst sich und fällt geräuschvoll zu Boden. Der Krieger hält erschrocken inne und lauscht gespannt. Als draußen alles ruhig bleibt, atmet er erleichtert auf und setzt seine Suche fort. Beutel für Beutel tastet er sich an der Zeltwand entlang.

Plötzlich stöhnt er auf. Etwas Spitzes bohrt sich durch den ledernen Mokassin in seinen Fuß. Erschrocken zuckt er zusammen. Dabei stößt er gegen einen Stapel Töpfe, der klirrend umfällt.

Der Krieger flucht leise. Sein Fuß schmerzt heftig, aber er beachtet ihn nicht. Eilig kramt er weiter und findet schließlich, was er gesucht hat. Das Heilige Bündel der Sioux.

Der Krieger nimmt es an sich und verlässt hastig das Tipi. Vor dem Eingang bleibt er stehen, löst etwas von seinem Hals und wirft es mit einer knappen Handbewegung zurück in das Zelt, ehe er, das Heilige Bündel fest an sich gedrückt, davonhumpelt.

Schepper!

Misu erwacht. Er liegt auf seinem Lager aus Bisonfellen und lauscht. War da eben nicht ein Geräusch? Er hört die gleichmäßigen Atemzüge seiner schlafenden Eltern, die neben ihm auf den Fellen liegen. Cholena, seine jüngere Schwester, murmelt im Traum. Hoch über sich sieht er durch die geöffnete Rauchklappe des Tipis den Mond

und die Sterne. Alles ist wie immer. Aber was hat ihn dann geweckt?

Klirr!

Da ist es wieder. Diesmal lauter. Das Geräusch kommt aus dem Zelt des Medizinmannes, das gleich neben dem Tipi von Misus Familie steht.

Vielleicht ist Tuketu schon zurück?, überlegt Misu.

Der Medizinmann der Sioux ist gestern allein in die Prärie gegangen, um die Geister anzurufen und sie zu fragen, wo die Bisons sind. Denn in diesem Jahr sind die Bisons nicht in die Jagdgründe der Sioux gekommen. Seit vielen Wochen zieht Misus Stamm nun schon auf der

Suche nach der großen Herde nach Süden, aber noch immer haben sie keine Bisons entdeckt. Jetzt neigt sich der Sommer dem Ende zu, und die Zeit wird knapp, um die Vorräte aufzufüllen. Misu weiß: Wenn sie nicht bald auf Bisons stoßen, werden sie im Winter hungern müssen, denn Bisons sind für die Sioux lebenswichtig. Ihr Fleisch liefert ihnen Nahrung, ihre Haut Leder für Kleidung und Planen für Tipis, und ihre Felle schützen die Sioux vor der Kälte des Winters. Aus ihren Knochen machen die Indianer Arbeitsgeräte und Spielzeug. Ihr Magen ist ein hervorragender Topf, und aus der Blase näht man Wasserbeutel. Die Sehnen der Bisons verwenden sie als Schnüre und als Bogensehnen.

Im Zelt des Medizinmannes flucht jemand leise. Misu kann die Worte nicht verstehen. Es ist nicht die Sprache der Sioux, und auch nicht die Sprache der befreundeten Cheyenne, die ihr Lager ganz in der Nähe aufgeschlagen haben. Die Worte klingen seltsam. Aber das überrascht Misu nicht: Der Medizinmann der Sioux spricht viele Sprachen. Misus Herz pocht heftig vor Aufregung und Vorfreude. Bestimmt haben die Geister Tuketu den Weg zu den Bisons gewiesen, denkt er und überlegt, ob er seinen Vater wecken soll. Da sieht er im Mondlicht einen Schatten auf der Wand des Tipis – den Schatten eines Indianers. Misu erkennt deutlich das Stirnband mit den drei Adlerfedern.

Wieso geht Tuketu wieder fort, ohne mit jemandem zu sprechen? Misu beobachtet nachdenklich, wie sich der Schatten langsam über die Zeltwand bewegt. Einmal verharrt er kurz, dann humpelt er eilig davon.

Oje, der Medizinmann ist verletzt, denkt Misu. Bestimmt hat sich Tuketu nur eine Medizin aus seinem Zelt geholt, überlegt er und rollt sich wieder in seine Decke. Misu ist enttäuscht: Wenn Tuketu nur gekommen ist, um Medizin zu holen, hat er die Bisons sicher noch nicht gefunden. „Gut, dass ich Vater nicht geweckt habe", murmelt er leise und schläft wieder ein.

Als Misu am nächsten Morgen erwacht, herrscht im Lager helle Aufregung. Vor dem Zelt hört er ärgerliche Stimmen, wütende Beschimpfungen und aufgebrachte Ausrufe. Etwas ist geschehen. Misu springt auf und stürmt aus dem Tipi. Die Männer und Frauen seines Stammes haben sich auf dem großen Platz zwischen den Zelten um Häuptling Ahanu versammelt.

„… Gemeinsam mit den Cheyenne haben wir uns den Frieden geschworen", sagt Häuptling Ahanu gerade. „Aber die Cheyenne haben uns belogen. Wie feige Kojoten sind sie nachts in unser Lager geschlichen und haben das Heilige Bündel aus Tuketus Tipi gestohlen."

„Gemeine Hunde!", „Feige Kojoten!", rufen die Sioux wütend und immer wieder: „Krieg! Krieg! Krieg!"

Misu ist entsetzt. Wieso Krieg? Die Cheyenne und die Sioux sind doch Freunde. Beim letzten Vollmond hat sie der große Wakan Tanka in der Prärie zusammengeführt, und die Häuptlinge beider Stämme haben am Lagerfeuer die Friedenspfeife geraucht.

Seitdem jagen und fischen die Krieger gemeinsam. Die Kinder der beiden Stämme spielen miteinander und tragen Wettkämpfe im Bogenschießen oder Ponyreiten aus. Yuma, der zehnjährige Sohn des Cheyenne-Häuptlings, ist Misus bester Freund geworden.

Weshalb sollten die Cheyenne das Heilige Bündel stehlen?, überlegt Misu. Das Bündel ist doch nur für die

Sioux wichtig. Es enthält alle Dinge, die der Stamm verehrt: Kräuter, Fellstücke, Pfeilspitzen, Pfeifen und einen Bisonschwanz. Das Bündel wird vom Medizinmann nur bei besonderen Anlässen geöffnet. Vor einer großen Jagd oder wenn der Stamm in Not ist, soll es die Geister milde stimmen.

„Misu!“ Der Ausruf seiner Schwester Cholena reißt ihn aus seinen Gedanken. „Hast du schon gehört, was passiert ist?“, fragt sie aufgeregt. „Die Cheyenne haben das Heilige Bündel gestohlen.“ Misu runzelt die Stirn. „Warum sollten sie das tun?“, erwidert er. „Die Cheyenne sind doch unsere Freunde.“ Doch dann erinnert er sich daran, was er in der Nacht beobachtet hat.

„Vielleicht hat Tuketu das Bündel selbst geholt“, überlegt er laut.

„Bestimmt nicht.“ Cholena schüttelt energisch den Kopf. „Häuptling Ahanu hat nämlich in Tuketus Zelt ein Halsband aus Fischotterfell und Bärenkrallen gefunden. Solche Ketten tragen nur die Cheyenne.“

Misu starrt seine Schwester ungläubig an. Das würde ja heißen, dass der Schatten, den er in der Nacht gesehen hat, nicht dem Medizinmann gehörte. Es war der Schatten des Diebes.

Fieberhaft grübelt Misu, was er in der letzten Nacht gesehen und gehört hat. Dabei fällt ihm etwas auf. Und plötzlich ist er sich ganz sicher: Die Cheyenne haben das Heilige Bündel nicht gestohlen.

Warum ist sich Misu so sicher, dass die Cheyenne unschuldig sind?

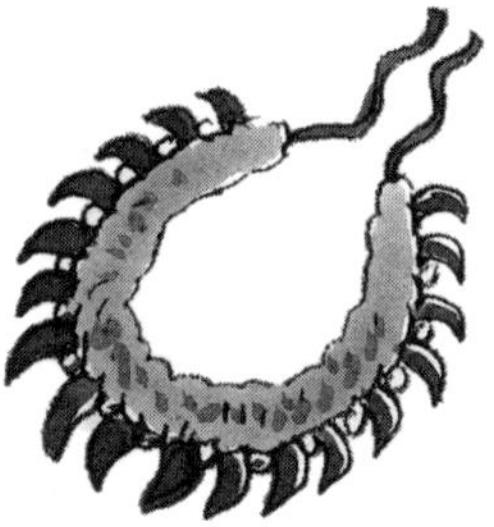

Bruderfreunde

„Nein, das stimmt nicht“, sagt er mit fester Stimme. „Die Cheyenne haben das Bündel nicht gestohlen. Das weiß ich ganz genau.“

„Woher willst du das wissen?“, fragt Cholena zweifelnd.

Da erzählt Misu ihr, was er in der letzten Nacht beobachtet hat. Cholena hört ihm staunend zu.

„Und er hat wirklich nicht die Sprache der Cheyenne gesprochen?“, fragt sie, als er fertig ist. „Das musst du unbedingt Häuptling Ahanu erzählen.“

„Nein!“ Misu schüttelt den Kopf. „Er wird ärgerlich sein, weil ich niemanden geweckt habe.“

„Mag sein.“ Cholena nickt. „Aber wenn du es ihm nicht sagst, wird es Krieg geben.“

„Ich weiß.“ Misu sieht traurig zu Boden. Doch dann strafft er sich. „Ich werde gehen und das Heilige Bündel zurückholen“, sagt er entschlossen und blickt seiner Schwester fest in die Augen. „Schwöre beim großen Wakan Tanka, dass du niemandem etwas davon erzählst.“ Cholena nickt und legt sich zum Zeichen des Schwurs zwei Finger auf die Brust. „Ich schwöre es. Was willst du tun?“

„Das weiß ich noch nicht", antwortet Misu und fügt mit fester Stimme hinzu: „Aber ich werde einen Weg finden."

Ohne noch ein weiteres Wort zu sagen, läuft er aus dem Lager hinaus. Auf einer Anhöhe hockt er sich ins dichte Steppengras und schaut sich um. Vor ihm liegt die weite Prärie. Hinter ihm steigt der Rauch der Sioux-Lagerfeuer in den Morgenhimmel. Sein Magen knurrt und er hat Durst, aber er schiebt den Gedanken fort.

Weit im Süden entdeckt er das silberne Band des Flusses, an dem die Cheyenne ihr Lager aufgeschlagen haben. Und plötzlich weiß er, was er tun muss: Er muss mit Yuma sprechen.

Der Weg zum Lager der Cheyenne ist weit, und er hat kein Pferd. Misu überlegt, ob er Yuma mit dem vereinbarten Rauchzeichen zu sich rufen soll. Die Anhöhe, auf der er steht, wäre für ein Lagerfeuer gut geeignet. Trockene Zweige, Blätter und grünes Holz gibt es hier zur Genüge, und der Rauch des Feuers wäre weithin sichtbar. Yuma würde die verabredeten Zeichen sicher erkennen und ihm entgegenkommen.

Obwohl der Gedanke sehr verlockend ist, verwirft Misu ihn schnell wieder. Ihr Zeichen ist nicht geheim. Die anderen Kinder kennen es auch, und jeder im Lager der Sioux würde wissen, dass er auf dem Weg zu den Cheyenne ist. Man würde denken, dass er ein Verräter sei.

Entschlossen steht er auf und macht sich zu Fuß auf den Weg. Es ist heiß, und die harten Steppengräser stechen Misu immer wieder in die Beine.

Warum hat er auch nicht daran gedacht, sein Pony aus dem Lager mitzunehmen? Zu Pferd hätte er das Lager der Cheyenne schon lange erreicht. Misu ärgert sich in Gedanken furchtbar, aber umzukehren traut er sich auch nicht. Wenn Cholena ihren Schwur nicht gehalten hat, weiß inzwischen das ganze Lager, was Misu vorhat. Dann würden sie ihn nicht mehr gehen lassen. Er hat keine andere Wahl. Er muss laufen.

Als die Sonne hoch am Himmel steht, erreicht er den Fluss und das Lager der Cheyenne. Vorsichtig pirscht er sich heran. Jetzt, zum Ende des Sommers, ist von dem breiten Strom nicht mehr als ein schmaler Fluss übrig geblieben. Das flache, sandige Flussbett ist ein idealer Lagerplatz für die Indianer. Von der hohen Uferkante aus, die im Frühjahr das breite Flussbett begrenzt, kann er das ganze Lager überblicken. Jetzt, zur Mittagszeit, ist es zwischen den Zelten sehr ruhig. Die Frauen sitzen an den Lagerfeuern und bereiten das Essen zu. Die Kinder baden im flachen Wasser. Weiter flussabwärts sieht er zwei Krieger, die mit Speeren Fische fangen. Die Ponys der Cheyenne dösen in der Sonne. Aber wo ist Yuma?

Am liebsten würde Misu einfach ins Lager laufen, so wie er es sonst immer gemacht hat. Aber heute traut er sich nicht. Wenn Häuptling Ahanu Recht hat, und die Cheyenne wirklich das Heilige Bündel gestohlen haben, sind sie nicht mehr seine Freunde.

Misu wartet. Lange Zeit geschieht nichts. Dann stürmen Yuma und fünf andere Jungs aus einem Tipi. Sie tragen lange Schläger aus Holz bei sich, mit denen sie sich im Laufen einen ledernen Ball zuspielen. Misu kennt das Spiel. Es ist gefährlich, aber es macht viel Spaß. Die Jungen lachen und rufen, das Spiel wird immer wilder. Ungestüm schlagen sie auf den Ball ein. Ein Junge wird dabei von einem Schläger ins Gesicht getroffen. Seine Nase blutet, aber er spielt weiter.

Die Cheyenne sind wirklich tapfer, denkt Misu voller Bewunderung.

Da landet der lederne Ball dicht neben ihm. Misu sieht, wie sich Yuma auf den Weg macht, ihn zurückzuholen. Schnell duckt er sich ins hohe Gras.

„Pssst! Yuma“, flüstert er leise, als der Cheyenne ganz nahe ist.

„Misu?“ Verwundert schaut Yuma auf.

„Ich bin hier“, flüstert Misu und hebt den Kopf gerade so weit, dass Yuma ihn sehen kann. „Ich muss mit dir sprechen! Allein!“

Yuma versteht. „Wir treffen uns beim alten Baumstamm am Fluss“, sagt er leise und nimmt den Ball auf. Als wäre nichts geschehen, läuft er zurück zu den anderen

Jungen. Misu schiebt sich langsam rückwärts durch das Gras und macht sich auf den Weg zum Baumstamm am Fluss. Dort angekommen, setzt er sich auf einen dicken Ast, zieht die Mokassins aus und lässt die Füße in das kalte Wasser baumeln. Lange muss er nicht warten.

„Ich grüße dich, Bruderfreund", sagt Yuma in der Sprache der Sioux und lacht. „Was gibt es so Geheimnisvolles, dass du wie eine Schlange durch die Prärie kriechst?"

„Heute Nacht ist aus dem Zelt unseres Medizinmannes das Heilige Bündel gestohlen worden", sagt Misu ernst.

„Mein Stamm glaubt, dass die Cheyenne sich wie feige Kojoten heimlich in unser Lager geschlichen haben, um es zu stehlen."

„Ihr nennt uns feige Kojoten?" Yuma lacht nicht mehr. „Die Cheyenne sind nicht feige! Und sie stehlen nicht", sagt er wütend.

Misu legt seinem Freund beruhigend die Hand auf die Schulter. „Deshalb bin ich hier. Auch ich glaube nicht, dass es die Cheyenne waren", sagt er. „Denn ich habe den Dieb beobachtet …" Und dann erzählt er seinem Freund alles, was seit der letzten Nacht passiert ist.

Yuma hört aufmerksam zu. „Das klingt wirklich alles sehr seltsam", sagt er schließlich und fügt nachdenklich hinzu: „Auch bei uns ist gestern etwas Merkwürdiges geschehen: Wakiza ist nicht von der Jagd zurückgekehrt. Mein Vater ist mit anderen Kriegern losgeritten, um ihn zu suchen, aber Wakiza ist verschwunden."

„Du meinst, dass Wakizas Verschwinden etwas mit dem Diebstahl des Heiligen Bündels zu tun haben könnte?" Misu blickt seinen Freund überrascht an.

„Das könnte sein." Yuma macht eine kurze Pause und blickt über den Fluss. „Wakiza war gegen den Frieden mit den Sioux", überlegt er laut. „Er sagt, es gäbe nicht genug Bisons für zwei Stämme und behauptet, dass ihr schuld daran seid, wenn wir im Winter hungern müssen. Wakiza ist ein großer Krieger, drei Adlerfedern schmücken schon sein Stirnband. Ihm wäre es lieber gewesen, wir hätten gegen euch gekämpft, statt uns mit euch zu verbünden."

„Drei Adlerfedern schmückten auch das Stirnband des Diebes", unterbricht ihn Misu. „Aber der Krieger im Zelt sprach nicht mit der Zunge der Cheyenne. Das habe ich gehört."

„Wakiza ist der Sohn unseres Medizinmannes. Er spricht viele Sprachen." Yuma seufzt. „Leider ist sein Geist oft von dem Feuerwasser der Weißen getrübt. Vielleicht will er erreichen, dass sich die Sioux und die Cheyenne verfeinden."

„Das werde ich verhindern!" Misu springt auf. „Ich werde Wakiza finden und das Heilige Bündel zu meinem Stamm zurückbringen."

„Und ich werde dir helfen, mein Bruderfreund“, sagt Yuma. Er steht auf und lässt den Blick über den Himmel streifen. Die Sonne hat ihren höchsten Punkt bereits überschritten und neigt sich langsam nach Westen. Da entdeckt er etwas am Horizont. „Uns bleibt aber nicht mehr viel Zeit.“ Er deutet mit der Hand in Richtung des Siouxlagers. „Am Himmel steht geschrieben, dass dein Stamm in den Krieg ziehen wird.“

Woher weiß Yuma so plötzlich, dass sich die Sioux auf den Kriegspfad vorbereiten?

Auf Spurensuche

Misu erkennt sofort, was Yuma meint. Am Horizont steigen kleine Rauchwolken auf. Damit rufen die Sioux ihren Medizinmann Tuketu aus der Prärie zurück. Er soll mit guter Medizin die Geister für den Kriegspfad milde stimmen und den Ausgang des Kampfes günstig beeinflussen.

„Komm“, sagt Misu und springt vom Baumstamm. „Lass uns keine Zeit verlieren.“ Aber Yuma zögert. „Die Prärie ist groß“, sagt er nachdenklich. „Wo wollen wir anfangen zu suchen?“

„Im Lager der Sioux.“ Misu grinst. „Auch der geschickteste Dieb hinterlässt Spuren.“ Sein Magen knurrt laut. Jetzt muss auch Yuma grinsen. „Genau wie ein hungriger Magen!“, sagt er, und mit den Worten „Warte hier! Ich bin gleich wieder da“, läuft er zurück zum Lager der Cheyenne.

Wenig später ist Yuma zurück. Er führt sein geschecktes Pinto-Pony Howi am Zügel neben sich her. Für Misu hat er getrockneten Fisch, Maisfladen und ein paar Beeren mitgebracht. Während Misu isst, verstaut Yuma die restlichen Vorräte in einem Beutel, hängt sich diesen um die

Schulter und schwingt sich auf den Rücken seines Ponys. „Komm, Bruderfreund“, fordert er Misu auf und reicht ihm die Hand. „Howi ist stark. Er wird uns beide tragen. Dann sind wir noch vor Sonnenuntergang in deinem Lager.“

Yuma behält Recht: Schon bald erreichen sie das Lager der Sioux. Außer Sichtweite der Tipis springen sie von Howis Rücken.

Yuma streicht seinem Pony liebevoll über die Nase und flüstert ihm etwas ins Ohr. Dann huschen die beiden Jungen geduckt auf das Lager zu.

In sicherem Abstand schleichen sie durch das hohe

Gras und beobachten die Sioux. Im Lager herrscht reges Treiben. Neben dem Feuer in der Mitte des Lagers stapeln die Frauen große Mengen Holz und trockene Büsche auf. Die Männer sitzen in kleinen Gruppen zusammen und bemalen ihre Körper in rituellen Farben. Überall an den Zeltwänden lehnen heilige Masken aus Holz oder Bisonschädeln.

„Wir haben Glück. Alle sind mit den Vorbereitungen für den Kriegstanz beschäftigt." Misu deutet auf das Lager. „So wird niemand auf uns achten." Er winkt Yuma, ihm zu folgen. Vorsichtig schleichen sie hinter den Tipis entlang, bis Misu schließlich stehen bleibt.

„Hier ist es", flüstert er leise und löst zwei der hölzernen Pflöcke, die die Zeltplane aus Bisonhaut am Boden halten. Als er die Plane anhebt und vorsichtig in das Zelt späht, dringt ihm der vertraute Geruch nach verbranntem Salbei in die Nase. Tuketu raucht immer diese Kräuter in einer Kalumet, wenn er die Geister befragt.

Der Rauch des Salbeis bringt ihm die Träume, in denen er dann Botschaften der Geister empfängt. Wenn Tuketu die Kalumet raucht, darf er von niemandem angesprochen werden.

Doch jetzt ist das Zelt menschenleer. Tuketu ist mit seiner Kalumet noch immer in der Prärie. Nur dort, unter den Sternen, sagt er, ist er den Geistern ganz nah. Erleichtert kriecht Misu hinein. Yuma folgt ihm.

Das Tipi des Medizinmannes misst drinnen acht Schritte. Es ist etwas größer als das Zelt von Misus Familie. Doch während es ihnen als Schlafraum, Wohnraum, Küche und Spielzimmer gleichzeitig dient, ist Tuketus Zelt auf die Behandlung von Kranken ausgelegt. In der Mitte des Zeltes, direkt unter der Rauchklappe, ist eine Feuerstelle. Der Holzvorrat für das Feuer lagert gleich neben dem Eingang. Hinter dem Nachtlager hängt ein bunter Vorhang aus Bisonhaut. Er dient als Schutz vor Feuchtigkeit und ist mit verschiedenen Geistersymbolen geschmückt. Von den Zeltstangen hängen Taschen, Beutel und Werkzeuge herab. Auf dem Boden stehen Töpfe mit Kräutern, Salben, Knochen und anderen Dingen.

Misu staunt. Normalerweise ist Tuketus Zelt immer sehr aufgeräumt, aber jetzt sieht es hier schlimm aus. Alles ist durchwühlt, Kräutertöpfe sind umgefallen. Ein Beutel mit Musikinstrumenten ist heruntergefallen. Hölzerne Flöten, Rasseln und Muschelhörner liegen verstreut auf dem Boden.

„Sieht aus, als ob eine ganze Bisonherde durch das Zelt getrampelt ist", flüstert Yuma fassungslos. „Ein Cheyenne würde so etwas nie tun."

„Es sei denn, er hat zu viel Feuerwasser getrunken", antwortet Misu und schaut sich weiter um. Am Boden entdeckt er ein zerbrochenes Muschelhorn. An einer Bruchstelle klebt Blut.

Grübelnd legt Misu die Stirn in Falten. „Sieh mal. Das Blut an diesem Stück Muschelhorn ist keinen Tag alt. Tuketu ist aber schon mehr als zwei Nächte fort."

„Dann kann es also nicht von eurem Medizinmann stammen", stellt Yuma fest. „Vielleicht hat sich der Dieb daran verletzt?"

„Gut möglich!" Misu nickt. „Das würde auch erklären, warum er humpelte, als er das Zelt verließ. Sicher hat er …"

Weiter kommt Misu nicht, denn vor dem Zelteingang werden plötzlich Stimmen laut. Jemand nähert sich dem Tipi des Medizinmannes. Es sind Häuptling Ahanu und ein Krieger der Sioux. Misu erkennt sie an ihren Stimmen.

„… wird Zeit, dass Tuketu zurückkehrt“, sagt der Krieger gerade.

„Sicher hat er die Rauchzeichen nicht gesehen“, antwortet Häuptling Ahanu. Die beiden Männer bleiben vor dem Zelteingang stehen.

Misu und Yuma sind vor Schreck wie erstarrt. Für eine Flucht ist es zu spät, und in dem Tipi gibt es kein Versteck. Das Herz pocht ihnen bis zum Hals. Sie wagen kaum zu atmen. Wenn sie jetzt hier entdeckt werden, war ihr ganzer Plan umsonst.

„Wenn Tuketu morgen bis Sonnenuntergang nicht zurück ist, wirst du den Kriegstanz anführen“, sagt Häuptling Ahanu. „So habe ich es beschlossen.“

„Das ist eine große Ehre“, antwortet der Krieger. „Ich werde bereit sein.“

„So sei es!“, sagt Häuptling Ahanu ernst. „Bis dahin werden alle Vorbereitungen abgeschlossen sein.“ Die Schritte entfernen sich.

Misu und Yuma atmen auf. Schnell kriechen sie unter der Zeltplane hindurch ins Freie. Während Misu den Boden zwischen den Zelten nach Spuren absucht, steckt Yuma die Pflöcke wieder in die Zeltplane.

„Uns bleibt also nur noch ein Sonnenlauf“, murmelt Yuma leise. „Zu wenig, um die ganze Prärie abzusuchen.“

„Das müssen wir auch nicht“, sagt Misu triumphierend. „Sieh mal hier: Ich habe die Spuren des Diebes ent-

deckt.“ Er deutet auf den losen Sand hinter den Tipis. „Wenn wir ihnen folgen, werden wir Wakiza bestimmt rasch finden.“

Neugierig kommt Yuma näher und betrachtet die vielen Spuren, die sich deutlich im Sand abzeichnen. „Ich sehe die Spuren von Männern und Kindern mit und ohne Mokassins, von Hunden und Füchsen“, sagt er. „Woran erkennst du, welcher Spur wir folgen müssen?“

Weißt du, woran Misu die Spur des Diebes erkennt?

Die Spur führt nach Süden

„Das ist doch ganz einfach.“ Misu grinst. „Wir wissen, dass sich der Dieb am Fuß verletzt hat. Er humpelt, deshalb sind seine Fußabdrücke nicht gleich tief. Sieh mal hier!“ Er deutet auf eine Spur im Sand. „Der linke Abdruck ist nicht so gut zu erkennen wie die rechte Fußspur. Außerdem sehe ich Blut in der Fährte.“

„Die Väter der Sioux sind gute Lehrer.“ Yuma nickt anerkennend. „Komm! Lass uns der Spur folgen, solange es noch hell genug ist.“

„Warte noch!“ Misu löst zwei Befestigungspflöcke vom Tipi seiner Eltern und schlüpft hinein. Er nimmt sein Messer, seinen Bogen und seinen Köcher an sich. Dann streift er sich ein Hemd aus weichem Bisonleder über und kriecht wieder hinaus.

In der Zwischenzeit ist Yuma der Fährte bis zum Rand des Lagers gefolgt. „Die Spur führt nach Süden, auf das Lager der Cheyenne zu“, sagt er leise, als er zurückkommt. „Sie ist gut zu erkennen. Der Dieb trampelt durch die Prärie wie ein verletzter Bison.“

„So können wir der Spur leicht folgen“, sagt Misu. „Komm, lass uns aufbrechen.“

Die Sonne versinkt bereits hinter dem Horizont, als Misu und Yuma sich mit Howi auf den Weg machen.

Der Dieb hat seinen Weg gut gewählt. Die Spur führt hinter einer Reihe niedriger Büsche entlang und eine Anhöhe hinauf. Obwohl sich die Dämmerung langsam über die Prärie senkt, ist die Spur im trockenen Sand gut zu erkennen.

Bis spät in die Nacht hinein folgen die beiden Jungen der Fährte. Erst als es ganz dunkel ist, schlagen sie ihr

Nachtlager auf. Während Howi friedlich in der Nähe grast, teilen sie sich das wenige Essen, das Yuma mitgenommen hat. Dann versuchen sie zu schlafen. Aber das ist gar nicht so leicht.

Die Nacht ist kühl. Misu friert. Er ärgert sich, dass er nicht daran gedacht hat, eine Decke aus dem Zelt seiner

Eltern mitzunehmen. Rings umher raschelt es im Gras, in der Ferne heulen Kojoten.

Die Ereignisse des vergangenen Tages lassen Misu nicht zur Ruhe kommen. Er betrachtet den klaren Sternenhimmel über der Prärie und überlegt, ob seine Eltern ihn wohl schon vermissen.

Yuma scheint seine Gedanken zu lesen. „Im Lager werden sie uns sicher nicht vermissen“, sagt er in die Stille hinein. „Eine Nacht allein und ohne Angst in der Prärie zu verbringen, ist für junge Cheyenne die erste Mutprobe auf dem Weg zum Krieger.“

„Angst ist etwas für Squaws“, behauptet Misu stolz. „Die Väter der Sioux lehren ihre Söhne schon mit fünf Jahren, sich nicht zu fürchten. Sie zeigen ihnen wie man reitet, lehren sie das Schwimmen und die Jagd mit Pfeil und Bogen. Und sie zeigen ihnen die Dunkelheit der Nacht.“

„Auch mein Vater lehrte mich, dass die Dunkelheit ein Freund der Cheyenne ist“, sagt Yuma. „Bei der Jagd – oder auf dem Kriegspfad.“

Bei dem Wort Kriegspfad wird Misu ganz mulmig zu Mute. Schaudernd erinnert er sich an die vielen Geschichten, die ihm sein Vater über den Kriegspfad der Sioux erzählt hat.

„Ein Krieg zwischen unseren Stämmen wäre schlimm“, flüstert er leise. Seine Stimme zittert, als er weiterspricht, aber er hofft, dass Yuma es nicht bemerkt. „Wenn die Sioux einen anderen Stamm angreifen, geschieht dies meist überraschend und mit fürchterlichem Kriegsgeschrei. Dem Gegner bleibt nicht viel Zeit, sich zu verteidigen, und schon nach wenigen Minuten ist alles vorbei.“

„So leicht lassen sich die Cheyenne nicht überraschen“, sagt Yuma überzeugt. „Wir sind ein starker Stamm. Viele tapfere Krieger tragen Adlerfedern an ihrem Kopfschmuck, aber nur wenige von uns zieren nach einem Kampf den Federschmuck des Gegners als roter Fleck.“

„Dann sind die Cheyenne ebenso gute Krieger wie die Sioux“, sagt Misu. Er mag gar nicht daran denken, was passiert, wenn sie das Heilige Bündel nicht rechtzeitig finden. Nachdenklich schaut er zu Yuma herüber. Auch er liegt auf dem Rücken und blickt zu den Sternen hinauf. „Ob wir das Heilige Bündel rechtzeitig finden werden?“

„Der große Geist wird uns führen“, antwortet Yuma fest. Er dreht sich auf die Seite und seufzt leise. „Aber wir haben kaum Vorräte mitgenommen“, sagt er. „Nur von den Beeren der Prärie wird ein Krieger nicht lange satt.“

„Ich werde ein Kaninchen jagen.“ Misu greift nach seinem Bogen und setzt sich auf. Aber Yuma schüttelt den Kopf. „Die Cheyenne jagen Kaninchen nur am Tag, wenn der Fuchs in seinem Bau schläft“, erklärt er. „Nachts sind die Kaninchen zu wachsam. Außerdem haben wir kein Feuer.“

„Ein Sioux kann drei Tage ohne Wasser und Nahrung auskommen, wenn es sein muss“, behauptet Misu stolz. „Und ich bin ein Sioux.“

„Dann sind die Sioux ebenso tapfere Krieger wie die Cheyenne“, antwortet Yuma nicht weniger stolz. „Cheyenne kennen keinen Hunger.“

„Das ist gut.“ Misu gähnt und rollt sich auf seinem Lager zusammen. Aber es dauert doch noch eine ganze Weile, bis er endlich einschläft.

Als sie am nächsten Morgen aufwachen, ist es kühl. Dichter Nebel hängt über der Prärie. Yuma schlingt fröstelnd die Arme um den Körper. „Der Herbst ist nah“, sagt er. „Es wäre viel klüger, Bisons zu jagen, statt Krieg gegen Freunde zu führen.“

„Du hast Recht, Bruderfreund.“ Misu nickt zustimmend und steht auf. Am westlichen Horizont türmen sich dunkle Wolken auf.

„Das Wetter ändert sich. Wir sollten weiterreiten, ehe Wind und Regen die Spuren verwischen.“

Nachdem sie ihre letzten Vorräte verzehrt haben,

schultert Misu sein Gepäck. Yuma pfeift sein Pony heran. Mit wehender Mähne galoppiert der kleine Pinto über die Prärie. Als er die Jungen erreicht, bleibt er stehen und reibt seine Nase an Yumas Hals. Nicht zum ersten Mal bewundert Misu, wie geschickt die Jungen der Cheyenne mit ihren Ponys umgehen können. Die Cheyenne sind die besten Reiter der Prärie. Bisher ist es Misu noch nie gelungen, Yuma bei einem Reiterspiel zu schlagen.

Yuma sitzt schon wieder auf Howis Rücken und streckt Misu einladend die Hand entgegen. Aber der junge Sioux schüttelt den Kopf. „Ich gehe zu Fuß“, sagt er. „Dann kann ich die Spuren besser lesen.“

Schweigend machen sie sich auf den Weg. Doch als sie an den breiten Strom kommen, halten sie verwirrt an.

„Die Spur führt über den Fluss“, stellt Misu fest. „Der Dieb hat die Jagdgründe der Cheyenne verlassen.“

Yuma nickt, während er von seinem Pony springt. „Dann werden wir ihm folgen“, sagt er und watet entschlossen in das klare Wasser. „Komm mit, der Fluss führt nicht viel Wasser in seinem Bett.“

Yuma behält Recht. An der Stelle, an der sie der Spur über den Fluss folgen, ist das Wasser sehr flach. Die beiden Jungen und das Pony kommen sicher auf der anderen Seite an.

Auch die Spur des Diebes finden sie im weichen Sand des trockenen Flussbettes schnell wieder. Ohne Rast gehen sie weiter. Yuma führt sein Pony am Zügel neben Misu her. Hier, auf der anderen Seite des Flusses, ist das Land viel hügeliger und unebener. Die Jungen haben Mühe, der Spur durch das hohe Gras zu folgen. Als sie den Rand einer tiefen Senke hinaufklettern, hält Yuma plötzlich inne.

„Was ist los?“, fragt Misu leise.

Yuma deutet wortlos in die Senke hinunter, wo ein Fuchs unruhig hin und her läuft. Von Zeit zu Zeit bleibt er vor seinem Bau stehen, schnuppert nervös und gräbt ein wenig im losen Sand. Dann beginnt er von Neuem, im Kreis zu laufen.

Misu grinst. „Haben die Cheyenne Angst vor Füchsen?“, fragt er im Spaß.

„Die Cheyenne haben vor gar nichts Angst.“ Yuma schüttelte den Kopf. „Sieh doch mal genau hin, da stimmt etwas nicht!“

Was ist an dem Fuchs wohl so besonders, dass Yuma deswegen die Suche nach dem Heiligen Bündel unterbricht?

Donnerndes Land

„Alle Füchse schlafen am Tag“, erklärt Yuma. „Warum dieser hier nicht?“

„Was kümmert mich ein schlafloser Fuchs?“ Misu sieht seinen Freund verständnislos an. „Komm weiter! Wir haben Wichtigeres tun.“

„Mein Vater sagt: Auch kleine Steine ziehen große Kreise, wenn man sie ins Wasser wirft.“ Yuma deutet mit der Hand auf die Spur des Diebes, die auf den Fuchsbau zuführt. Jetzt versteht Misu, was sein Freund meint.

„Auch die Väter der Cheyenne sind gute Lehrer“, sagt er anerkennend. „Lass uns nachsehen, was der Fuchs in seinem Bau verbirgt.“

Mit lautem Gejohle springen die beiden auf und stürmen in die Senke. Der Fuchs läuft erschrocken davon. Misu erreicht den Bau als Erster. Er kniet sich auf den Boden und späht hinein.

„Du hast Recht!“, ruft er aus. „Da drinnen ist etwas.“ Misu zieht sein Messer aus dem Gürtel und stochert damit vorsichtig im Eingang des Baues herum. Dann fördert er etwas Braunes zu Tage. „Das sind Mokassins“, sagt er erstaunt, als er das Knäuel entfaltet.

„Ja, das sind Cheyenne-Mokassins“, antwortet Yuma. Seine Stimme ist nicht mehr als ein Flüstern, als er weiterspricht. „Ich kenne sie. Sie gehören Wakiza!“ Nachdenklich betrachten die Jungs die ledernen Schuhe.

„Sieh nur, der eine Schuh ist blutverschmiert und die Sohle aufgerissen“, sagt Misu.

„Dann ist es also wahr.“ Yuma seufzt und setzt sich neben Misu auf den Boden. „Wakiza war wirklich in eurem Lager und hat das Heilige Bündel gestohlen.“

„Sein Weg hierher muss sehr schmerzhaft gewesen sein“, überlegt Misu ohne echtes Mitgefühl.

„Aber warum sollte er von hier aus ohne Schuhe weiterlaufen?“ Yuma zieht die Stirn kraus. „Das ergibt doch keinen Sinn.“

Misu nickt. Er erinnert sich noch gut daran, wie ihm die scharfen Halme des Präriegrases auf dem Weg ins Lager der Cheyenne die Beine zerstochen haben. Ohne seine Mokassins wäre er sicher nicht so weit gekommen.

Nachdenklich steht Misu auf und untersucht den Boden rings um den Fuchsbau. „Vielleicht ergibt es doch einen Sinn“, sagt er plötzlich und deutet auf eine zweite Fährte, die vom Fuchsbau aus der Senke hinausführt. „Hier beginnt eine andere Spur.“

„Eine andere Spur?“ Yuma springt auf. „Wie meinst du das?“

„Es sieht ganz so aus, als ob Wakiza von hier aus mit

anderen Schuhen weitergegangen ist! Sieh mal, solche Spuren habe ich noch nie gesehen."

„Ich schon!" Yuma ist so aufgeregt, dass er vergisst, leise zu sprechen. „Es ist die Spur des Weißen Mannes."

„Du hast den Weißen Mann gesehen?" Misu staunt. Im Lager der Sioux sprach man nie über den Weißen Mann. Obwohl sie überall in der Prärie auf Zeichen von ihm stießen, tat Häuptling Ahanu so, als gäbe es den Weißen Mann gar nicht.

Nur Tuketu sprach manchmal von ihm. Er hatte Misu einmal erzählt, dass der Weiße Mann immer größere Teile ihrer Jagdgründe bebaut, und dass deshalb auch jeden Sommer weniger Bisons nach Norden ziehen.

„Was weißt du von dem Weißen Mann?“, fragt Misu neugierig.

„Nicht viel.“ Yuma zuckt mit den Schultern. „Vor zwei Monden kamen sie in unser Lager, um mit meinem Vater zu sprechen. Sie wollten unser Land kaufen, aber mein Vater schickte sie fort.“ Yuma deutet auf die Fährte zu seinen Füßen. „Im Lager der Cheyenne hinterließen ihre harten, ledernen Stiefel genau solche Spuren.“ Yuma macht eine kleine Pause, dann fällt ihm noch etwas ein.

„Schuhe scheinen den Weißen überhaupt sehr wichtig zu sein, denn sie ziehen sogar ihren Pferden welche an."

„Schuhe für Pferde? Das glaube ich nicht!" Misu lacht. „Sind sie etwa auch aus Bisonleder wie unsere Mokassins?"

Yuma grinst. „Nein, sie sind flach, gebogen und aus Eisen", erklärt er. „Sie werden den Pferden unter die Hufe genagelt. Ich habe sie gesehen, als die Weißen aus unserem Lager ritten."

Ein schriller, lang gezogener Pfeifton schallt über die Prärie.

„Was war das?", fragt Yuma und blickt sich aufmerksam um.

Misu zuckt mit den Schultern. „Ich weiß es nicht. Kein Präriehund und kein Kojote bringt so einen Laut hervor." Abwartend stehen Misu und Yuma in der Senke, aber das Geräusch wiederholt sich nicht. Dafür beginnt auf einmal der Boden unter ihren Füßen zu beben, und ein dumpfes Grollen dringt über den Rand der Senke hinweg an ihre Ohren. Der Boden bebt immer heftiger. Die langen Halme des Steppengrases zittern, und das dumpfe Grollen schwillt an. Es wird lauter und lauter und steigert sich zu einem endlosen Donner.

Die Jungen sehen einander verblüfft an. Doch dann wissen sie plötzlich, was das bedeutet.

„Bisons! Das sind die Bisons!", jubeln sie wie aus

einem Mund und rennen zum Rand der Senke hinauf. Oben bietet sich ihnen ein unglaubliches Bild. Tausende Bisons stürmen unter ihnen über die Prärie. In wilder Jagd trampeln sie alles nieder, was sich ihnen in den Weg stellt. Misu entdeckt den Fuchs, den sie aus der Senke vertrieben haben. Er kauert ängstlich unter einem niedrigen Strauch. Doch für eine Flucht ist zu spät.

Yuma hingegen hat nur Augen für die riesige Herde.

„Die Bisons sind da! Jippiii! Die Bisons sind da!“, ruft er überschwänglich. „Jetzt werden wir endlich genug Fleisch haben und können Wintervorräte anlegen.“

Das Donnergrollen wird leiser, das Beben im Boden schwächer. Nach und nach werden die Bisons langsamer, bis sie schließlich ganz stehen bleiben und zu grasen beginnen. In die Herde kehrt Ruhe ein, nur das Steppengras raschelt leise, während sie fressen. Yuma und Misu setzen sich auf den Rand der Senke und beobachten staunend die zottigen Tiere.

„Wir sollten zurückreiten und es unseren Stämmen sagen“, überlegt Yuma. Seine Stimme bebt vor Aufregung.

„Nein!“ Misu schüttelt energisch den Kopf. „Nicht bevor wir Wakiza und das Heilige Bündel gefunden haben.“

„Mein Bruderfreund hat Recht. Erst muss es wieder Frieden geben zwischen den Sioux und den Cheyenne“, sagt Yuma und betrachtet nachdenklich die Mokassins aus dem Fuchsbau. Dann springt er plötzlich auf. „Ich glaube einfach nicht, dass Wakiza das Heilige Bündel aus eurem Dorf gestohlen hat“, ruft er. „Er ist ein stolzer Cheyenne-Krieger!“

„Aber Wakiza ist verschwunden“, wendet Misu ein. „Die Kette im Zelt, der Schatten, die Mokassins – das alles spricht eine deutliche Sprache.“

„Ja, aber eine zu deutliche!“ Yuma ist ganz aufgeregt. „Unsere Augen sehen nur, was sie sehen sollen. Aber vor der Wahrheit sind sie blind. Wakiza würde niemals freiwillig die schweren Stiefel der Weißen tragen.“

Jetzt versteht Misu gar nichts mehr. „Aber wer sollte

sonst das Heilige Bündel genommen haben? Und vor allem – warum?“

„Ich weiß nicht“, antwortet Yuma. „Aber ich werde es herausfinden. Niemand macht die Cheyenne ungestraft zu Dieben.“

Er dreht sich um und folgt den Stiefelspuren bis zu einer kleinen Gruppe niedriger Sträucher. Der Boden ist hier so durchgewühlt, dass er die Fährte nicht mehr erkennen kann. Er hockt sich hin und streicht vorsichtig mit der Hand über den weichen Sand. Plötzlich stockt er mitten in der Bewegung und beginnt zu graben.

„Misu“, ruft er aufgeregt und hebt ein flaches, gebogenes Stück Eisen vom Boden auf. „Die weißen Männer waren hier.“

Woran hat Yuma erkannt, dass sich Wakiza hier mit den Weißen getroffen hat?

Begegnung in der Prärie

„Was ist das?“ Neugierig schaut Misu auf das, was Yuma aus dem Präriesand gezogen hat. So etwas Merkwürdiges hat er noch nie gesehen.

„Das ist so ein Schuh, den die Weißen ihren Pferden anziehen“, erklärt Yuma. „Sie nennen ihn Hufeisen.“

„Dann muss sich Wakiza hier mit den Weißen Männern getroffen haben“, stellt Misu fest. „Aber warum?“

„Vielleicht hat er das Heilige Bündel bei den Weißen gegen etwas eingetauscht“, sagt Yuma. Er weiß, dass einige Indianer mit dem Weißen Mann Handel treiben. Sie tauschen die Felle von Ottern, Bibern, Bisons und Bären gegen Dinge, die nur die Weißen besitzen.

„Natürlich!“, ruft Misu aus. „Gegen Feuerwasser! Du sagst doch, das Wakizas Geist oft von dem Feuerwasser der Weißen verwirrt ist!“ Misu runzelt nachdenklich die Stirn. „Aber was wollen die Weißen mit dem Heiligen Bündel? Es ist doch nur für uns Sioux wichtig.“

„Das verstehe ich auch nicht“, sagt Yuma. Er sieht sehr ärgerlich aus. „Aber wenn es stimmt, dass Wakiza mit dem Weißen Mann handelt, dann ist er nicht nur ein Dieb, sondern auch ein Verräter. Mein Vater duldet keine

Tauschgeschäfte mit den Weißen“, erklärt er und steht auf. „Komm mit, wir reiten hin und sehen nach.“

„Zum Weißen Mann?“ Misu starrt seinen Freund ungläubig an. „Aber das dürfen wir nicht!“

„Wenn wir das Heilige Bündel zurückholen wollen, haben wir keine andere Wahl. Wir müssen doch nur der Spur ihrer Pferde folgen, dann werden wir sie schnell finden.“ Ohne auf Misus Einwände zu achten, läuft Yuma zurück in die Senke, um ihre Sachen zu holen.

Misu steht auf, um Yuma zu folgen. Da rutscht ihm sein Messer aus der Hand und fällt in ein dichtes Gebüsch. In der Aufregung um die Bisons hat er ganz vergessen, es wieder in den Gürtel zu stecken. Ohne zu überlegen bückt er sich und greift in den Strauch, um das Messer wiederzuholen. Doch bevor er das Messer greifen kann, beißt ihm etwas tief in die Hand. Eine Schlange!

Misu schreit auf und reißt die Hand zurück. Deutlich erkennt er die zwei Einstiche der Schlangenzähne in seiner Hand. Blut sickert aus der Wunde, und sie brennt wie Feuer.

Mit schmerzverzerrtem Gesicht taumelt Misu hinunter in die Senke. Seine Hand hält er fest umklammert.

„Was ist passiert?“, ruft Yuma erschrocken.

„Eine Schlange!“ Misus Stimme bebt, als er weiterredet. „Sie hat mich gebissen.“

„Eine Schlange?“, fragt Yuma besorgt. Seine Stimme

überschlägt sich fast vor Aufregung. „Was für eine Schlange? Eine Klapperschlange oder eine Korallenschlange? Hast du sie gesehen?"

Misu schüttelt den Kopf. Er hat große Schmerzen.

„Wenn es eine Strumpfbandnatter oder eine Königsnatter war, hast du Glück. Nattern sind nicht giftig", stellt Yuma fachmännisch fest.

„Ich habe sie aber nicht gesehen", sagt Misu ärgerlich. „Das Gebüsch war zu dicht."

„Wenn es wirklich eine Giftschlange war, brauchst du dringend Hilfe", sagt Yuma. Kurzentschlossen reißt er den Gürtel aus seiner Hose und bindet Misu den Arm oberhalb des Ellenbogens ab. Dann zieht er sein Messer heraus und ritzt mit der scharfen Klinge tief in den

Schlangenbiss. Das tut weh. Misu stöhnt. Schweiß rinnt ihm über die Stirn, aber er beißt tapfer die Zähne zusammen. Kein Schmerzenslaut kommt über seine Lippen. Yuma soll nicht denken, dass ein Sioux jammert wie eine Squaw.

Drei, vier Mal saugt Yuma die Wunde aus. Das Blut spuckt er neben sich auf den Boden. Dann schneidet er mit seinem Messer den breiten Träger der Proviantasche ab und verbindet damit notdürftig Misus Hand. Misu hat Durst und ihm ist kalt. Yuma reicht ihm den Wasserbeutel. Dann lässt er sich erschöpft neben seinen Freund in den Sand fallen.

„Wir müssen zurück zum Lager", stöhnt Misu, als er getrunken hat.

Aber Yuma schüttelt den Kopf. „Das ist viel zu weit“, sagt er langsam. „Du brauchst sofort Hilfe. Ich werde versuchen, eine Schlangenwurzel zu finden. Die Wurzel dieser Pflanze hilft gegen das Schlangengift.“

Yuma schaut sich suchend um, aber die kleine Staude mit den ährenförmigen weißen Blüten kann er nirgends entdecken. „Du bleibst hier und ruhst dich aus“, sagt er zu Misu. „Ich werde gehen und die Schlangenwurzel suchen.“

Ohne eine Antwort abzuwarten, läuft er den Hang hinauf und verschwindet gleich darauf über dem Rand der Senke. Misu bleibt allein zurück. Er hat starke Schmerzen. Unter dem breiten Lederriemen sickert noch immer Blut hervor. Erschöpft schließt er die Augen.

Plötzlich schreckt Misu auf. Ihm ist schwindelig, und die Wunde an seiner Hand pocht heftig. Ein Blick zum Himmel sagt ihm, dass er nicht lange geschlafen haben kann. Die Sonne ist auf ihrer Bahn noch nicht viel weiter gewandert.

Yuma ist noch nicht zurück, trotzdem hat Misu das ungute Gefühl, nicht mehr allein zu sein. Umständlich hebt er den Kopf und schaut sich um. Howi steht mit gespitzten Ohren neben ihm und blickt unruhig zum Rand der Senke hinauf.

Zögernd folgt Misu dem Blick des Ponys. Etwas

raschelt, dann ertönt ein leises Hecheln, gefolgt von einem tiefen Knurren. Howi wiehert schrill und tänzelt ängstlich ein paar Schritte zurück. Misus Herz pocht so wild wie die Kriegstrommeln der Sioux. Er reckt sich umständlich, um besser sehen zu können, da taucht am Rand der Senke ein Kojote auf. Er sieht hungrig aus. Sein Fell ist struppig und glanzlos, sein Körper mager.

Der Kojote bleibt kurz am Rand der Senke stehen und hebt witternd den Kopf. Dann schleicht er langsam auf Misu zu.

Er riecht das Blut!, schießt es Misu durch den Kopf, während er den Boden hinter seinem Rücken nach etwas abtastet, das er als Waffe verwenden könnte. Dabei lässt er den Kojoten nicht aus den Augen. Bange Augenblicke verstreichen. Dann findet seine Hand endlich, wonach sie gesucht hat. Ein Stein! Misus Finger greifen zu und umschließen ihn fest. Aber noch zögert er. Er weiß, er hat nur einen Wurf. Wenn er den Kojoten verfehlt, ist er verloren.

Der Kojote ist jetzt ganz nahe. Knurrend und Zähne fletschend bleibt er stehen.

Während Misu noch überlegt, worauf der Kojote wartet, raschelt es hinter ihm im hohen Steppengras. Misu hält den Atem an. Er braucht sich nicht umzusehen. Er weiß auch so, was das bedeutet: Der Kojote ist nicht allein.

Unbeweglich sitzt Misu da. Eine falsche Bewegung, und die Kojoten werden ihn angreifen. Der Kojote starrt Misu an, und Misu starrt den Kojoten an. Sie warten. Da schiebt sich eine Wolke vor die Sonne, und eine leichte Brise streicht über die Prärie. Sie bringt kühlere Luft mit sich – und noch etwas. Der Duft, den sie Misu zuträgt, hat etwas Vertrautes an sich. Es ist der Geruch von Salbei.

Misu atmet erleichtert auf. Er hat sich getäuscht. Hinter ihm, am Rande der Senke, lauern keine Kojoten. Dort hinten naht Hilfe.

Wer kommt Misu da so unerwartet zu Hilfe?

Das Stählerne Pferd

Der Kojote riecht es auch. Er wendet den Blick von Misu ab und hebt witternd die Nase in den Wind. Es raschelt erneut.

Der Kojote duckt sich angriffsbereit, bleckt die Zähne und knurrt drohend. Doch bevor er zum Sprung ansetzen kann, surrt etwas dicht an Misu vorbei und bohrt sich in den Hinterlauf des Kojoten. Ein Sioux-Pfeil! Der Kojote wirbelt in der Luft herum und läuft jaulend davon.

Erleichtert lässt Misu den Stein fallen. „Misu dankt Tuketu für seine Hilfe. Sein schneller Bogen kam gerade zur rechten Zeit", sagt er leise und blickt sich um. Er hat sich nicht getäuscht. Hinter ihm, oben am Rand der Senke steht der Medizinmann der Sioux und schaut sich aufmerksam um. Seinen Bogen hält er schussbereit in der Hand. Noch wenige Augenblicke verharrt er so, dann lässt er den Bogen sinken und kommt den Hang hinab.

„Du hattest Glück", sagt er und setzt sich neben Misu. Dabei streift sein Blick wie zufällig Misus verletzte Hand. „Der Kojote war allein, aber er war hungrig."

Misu nickt matt. Mit schmerzverzerrtem Gesicht lässt er sich zurücksinken. Tuketu beugt sich über ihn und löst wortlos den Verband von seiner Hand. Dann nimmt er seinen Beutel von der Schulter, zieht einen kleinen Topf mit Salbe hervor und streicht sie dick auf den Schlangenbiss. Die Salbe brennt, aber Misu beißt die Zähne zusammen. Tuketu verbindet die Wunde mit ein paar breiten Lederstreifen, dann löst er Yumas Gürtel von Misus Oberarm. Das Pochen in der Hand verschwindet und mit ihm der Schmerz.

Misu atmet auf. „Danke!“, flüstert er noch, dann schläft er erschöpft ein.

Als er erwacht, ist es dunkel. Die Wolken am Himmel haben sich verzogen, und über der Prärie leuchten die ersten Sterne. Ein kleines Lagerfeuer spendet wohltuende Wärme. Über das Knistern der Flammen hinweg hört

Misu die leisen Stimmen von Yuma und Tuketu. Sie sitzen am Lagerfeuer und unterhalten sich.

Ohne auf Schwindel und Übelkeit zu achten, richtet Misu sich auf. Sein Kopf schmerzt, und sein Magen knurrt so laut, dass Yuma und Tuketu überrascht aufschauen. Als sie sehen, dass er wach ist, kommen sie zu ihm herüber.

„Mein Bruderfreund war in großer Gefahr, als ich nicht an seiner Seite war“, sagt Yuma kleinlaut. „Gut, dass Tuketu dir zu Hilfe kam.“

„Das ist wahr!“ Misu nickt schwach und blickt den Medizinmann dankbar an. „Ohne deinen schnellen Bogen wäre ich für den Kojoten wohl eine leichte Beute gewesen.“

„Die Kojoten folgen den Bisons“, erklärt Tuketu und wirft noch einen Ast in das Feuer. „Sie sind hungrig, aber die Bisons sind kräftig und gesund, keine leichten Gegner für Kojoten. Deshalb umkreisen sie die Herde auf der Suche nach kranken oder verletzten Tieren.“ Tuketu deutet auf Misus verletzte Hand. „Einer roch das Blut. Sein knurrender Magen und die Hoffnung auf Beute führten ihn zu dir.“ Tuketu legt Misu die Hand auf die Schulter. „Du hattest großes Glück, dass er allein war.“

Nachdenklich betrachtet Misu den Verband an seiner Hand. „Mit der Schlange hatte ich weniger Glück.“

Tuketu schüttelt den Kopf. „Yuma hat sehr umsichtig gehandelt“, sagt er und nickt dem jungen Cheyenne anerkennend zu. „Er hat dich gut versorgt.“ Yuma grinst und winkt Misu mit einer Senega-Wurzel zu. „Ich habe sogar die Schlangenwurzel gefunden“, sagt er stolz. „Aber als ich zurückkam, hatte Tuketu deine Wunde schon versorgt, und du schliefst tief und fest.“

„Das Gift der Schlange ist nicht tief in deinen Körper eingedrungen“, erklärt Tuketu. „Morgen früh kannst du mit Yuma deine Reise fortsetzen.“

„Du weißt, warum wir hier sind?“, fragt Misu erstaunt.

Tuketu nickt. „Dein Bruderfreund hat mir alles erzählt“, sagt er leise. „Und ihr habt Recht. In Zeiten wie diesen sollten Indianer nicht gegen Indianer kämpfen. Die Weißen sind es, die wir fürchten sollten. Sie kommen in unser Land und nehmen sich, was sie wollen. Sie fragen nicht danach, wem das Land gehört. Sie bauen Häuser und Städte, legen eiserne Wege an und vertreiben die Bisons."

Er seufzt tief und setzt sich mit untergeschlagenen Beinen neben Misu ans Feuer. Seine Stimme klingt traurig, als er weiterspricht. „Zunächst waren es nur wenige, die zu Pferd oder zu Fuß durch die Jagdgründe der Sioux und der Cheyenne zogen, aber es werden immer mehr. Sie kommen mit Planwagen in langen Trecks, begleitet von Soldaten mit Gewehren. Sie lassen sich nieder, wo es ihnen gefällt, und sie töten die Bisons. Ich sah sie in meinen Träumen. Zu tausenden liegen die toten Bisons in

der Prärie und säumen den Weg der Glänzenden Schlange. Die Weißen nehmen nur ihre Felle – und manchmal nicht einmal diese.“ Er machte eine Pause und deutet zum Rand der Senke hinauf. „So viele Bisons sind schon gestorben. Auch diese Herde hier ist auf der Flucht vor dem Stählernen Pferd der Weißen, das sie quer durch unser Land treiben, und dessen Spur sich wie eine endlose, glänzende Schlange durch die Prärie schlängelt. Die Bisons fürchten das Stählerne Pferd. Es versetzt sie in Angst und Schrecken. Das Pferd faucht und stampft wie hundert wilde Bisons, und wenn es über die Prärie jagt, schreibt es Rauchzeichen in den Himmel, die kein Indianer lesen kann. Immer mehr Weiße kommen mit diesem Pferd in unser Land, und kein Pfeil kann es aufhalten.“

„Mein Vater schon!“ Stolz schwingt in Yumas Stimme mit, als er weiterspricht. „Die Weißen kamen in unser Lager und verhandelten mit ihm über unsere Jagdgründe. Sie versprachen ihm dafür reiches Land im Norden. Wir sollten unser Lager abbrechen und fortziehen. Aber mein Vater weiß, dass sie lügen, denn er kennt das Land im Norden. Es ist karg, trocken und vor allem ohne Bisons. Also schickte er die Weißen weg. Niemals, so sagte er, wird er schlechte Verträge mit dem Weißen Mann machen.“

„Dein Vater ist sehr weise“, sagt Tuketu anerkennend und legt noch ein wenig Holz auf das Lagerfeuer. „Aber die Weißen sind listig. Wenn sie euer Land besiedeln wollen, werden sie nicht eher ruhen, bevor sie es haben." Seine Stimme klingt traurig, als er weiterspricht. „So war es auch bei den Irokesen und den Assiniboin. Der Weiße Mann versprach ihnen viel und nahm ihnen alles. Die Reservationen, in die die Stämme zogen, sind klein und trostlos. Dort gibt es nichts außer Trauer und Verzweiflung."

„Wenn das so ist, warum verrät Wakiza dann sein Volk an die Weißen?", fragt Yuma verwirrt.

„Ich weiß es nicht." Tuketu schüttelt traurig den Kopf. „Vielleicht hat das Feuerwasser der Weißen seinen Geist vergiftet."

„Warte bis morgen, Bruderfreund." Trotz seiner Verletzung klingt Misus Stimme fest und entschlossen. „Dann werden wir zu den Weißen reiten und es herausfinden!"

Tuketu nickt zustimmend. „Ihr seid tapfere junge Krieger", sagt er. „Ich werde euch helfen, so gut ich kann. Morgen werde ich in das Lager der Sioux zurückkehren und versuchen, den Ausbruch des Krieges so lange aufzuhalten, bis ihr zurück seid." Er zwinkert den beiden Jungen zu. „Schließlich kann kein Krieger in den Kampf ziehen, bevor er sich nicht in der Schwitzhütte gereinigt und die Geister um Beistand gebeten hat. Und jetzt lasst uns schlafen. Auch unser Geist braucht Ruhe. Morgen stehen uns wichtige Aufgaben bevor."

Als Misu am nächsten Morgen aufwacht, sind Tuketu und Yuma bereits aufgestanden. Misu fühlt sich gut. Die Schwäche ist aus seinem Körper verschwunden, und seine Hand schmerzt nicht mehr. Schwungvoll setzt er sich auf. Tuketu hockt am Feuer und bereitet das Essen vor. Als er sieht, dass Misu wach ist, steht er auf, kommt auf ihn zu und reicht ihm ein Stück trockenen Maisfladen. „Nun? Wie fühlst du dich?"

„Mir geht es gut", antwortet Misu und schaut sich um. „Wo ist Yuma?"

„Dein Bruderfreund ist in die Prärie geritten, um zu sehen, wohin die Spur der Weißen führt", antwortet Tuketu und deutet mit der Hand in Richtung Süden. „Er wird sicher gleich zurück sein."

Misu steht vorsichtig auf und geht zum Rand der Senke hinauf. Obwohl sich die Sonne an diesem Morgen hinter dichten Wolken verbirgt, hat er eine gute Aussicht. Die Bisons grasen noch immer friedlich auf der Prärie. Misu entdeckt drei Kojoten im hohen Steppengras, die im sicheren Abstand die Herde belauern. Und er entdeckt seinen Freund Yuma, der auf seinem Pony schnell näher kommt.

Bei Misu angekommen, bringt er sein Pony mit einem Ruck zum Stehen. „Ich freue mich, dass es meinem Bruderfreund wieder besser geht“, sagt er, doch seine Miene bleibt ernst. „Die Hufe der Bisons haben die Spuren, denen wir folgten, zerstört. Es gibt keine Fährte mehr, die uns zu den Weißen führen kann.“

„Dann endet hier also unsere Suche“, sagt Misu traurig. Niedergeschlagen lässt er seinen Blick über die riesige Herde streifen, als plötzlich die Wolkendecke aufreißt. Die Strahlen der Morgensonne treffen auf die Prärie und auf noch etwas …

Misu traut seinen Augen nicht. Dort hinten am Horizont blitzt etwas auf, das er unter den Wolken noch nicht sehen konnte. Übermütig springt er auf, denn jetzt weiß er, wie sie den Weißen Mann auch ohne die Hufspuren finden können.

Weißt du, was Misu am Horizont entdeckt hat?

Das Ziel vor Augen

„Ich weiß jetzt, wo wir den Weißen Mann finden“, ruft er und deutet nach Süden. „Sieh mal, dort hinten blinkt etwas in der Sonne. Das muss die Fährte des Stählernen Pferdes sein. Wenn wir sie erreichen, wird sie uns zum Lager der Weißen führen.“

„Die Sioux sind gute Spurenleser“, sagt Yuma anerkennend. „Aber zuvor sollten wir etwas essen. Ein hungriger Magen reitet nicht gern.“

Nach einer knappen Mahlzeit machen sich die drei auf den Weg. Während Tuketu sich dem Lager der Sioux zuwendet, reiten Misu und Yuma nach Süden, auf die Glänzende Schlange zu.

Das Land wird immer hügeliger, aber sie kommen schnell voran. Yumas Pony galoppiert ausdauernd über die grasbedeckten Anhöhen. Erst als sie sich einer Kolonie Präriehunde nähern, bleibt es stehen. Die kleinen Nager sind eifrig damit beschäftigt, ihre von der Bisonherde zertrampelten Erdlöcher wieder herzurichten. Als sie die Jungen entdecken, schlagen sie mit lautem Bellen Alarm.

„Wir müssen einen Bogen reiten“, erklärt Yuma. „Howi ist ein kluges Pferd, aber er ist auch sehr vorsichtig.“ Er schnalzt mit der Zunge und wendet das Pony nach links, als plötzlich ein Schwarm Krähen über sie hinwegfliegt.

„Fliegen müssten wir können.“ Misu grinst und schaut den Vögeln nach, die in der Ferne zu kreisen beginnen. „Komisch“, sagt er nachdenklich. „So viele Vögel auf einmal? Das verheißt nichts Gutes.“

„Komm, Bruderfreund!“ Yuma drückt seinem Pony die Fersen in die Flanken und treibt es zur Eile an. „Lass uns weiterreiten und nachsehen, was das zu bedeuten hat.“

Gegen Mittag erreichen die beiden Jungen eine große Ebene. Sie ist so weit, dass sie in der Ferne den Horizont zu berühren scheint.

Am Himmel kreisen noch immer die Krähen. Und jetzt sehen die Jungen auch warum: Entlang der Glänzenden Schlange liegen hunderte Bisons im hohen Steppengras. Zunächst sieht es so aus, als ob sie schlafen, aber als die Jungen näher heranreiten, erkennen sie ihren Irrtum: Die Bisons sind tot.

Misu und Yuma sind entsetzt. So etwas haben sie noch nie gesehen. Fassungslos reiten sie zwischen den leblosen Tieren hindurch.

Es ist genau so, wie Tuketu es ihnen am Abend berichtet hat: Die Weißen haben weder das Fell noch das Fleisch der Bisons genommen. Sie haben sie einfach abgeschossen und liegen gelassen. Nur die Aasfresser kümmern sich noch um die getöteten Bisons, während ein paar Kojoten satt und träge im Schatten niedriger Sträucher vor sich hin dösen.

„Was sind das nur für Menschen, die so etwas Schreckliches tun?“, fragt Misu erschüttert.

„Dem Weißen Mann ist unsere Welt gleichgültig, sagt mein Vater“, antwortet Yuma leise. „Er achtet den großen Geist nicht. Lange wusste ich nicht, was er damit meint – jetzt verstehe ich es.“ Traurig wendet er den Blick von der Ebene ab und betrachtet die Fährte des Stählernen Pferdes, die die Ebene wie eine glänzende Linie in zwei Hälften teilt. Der Boden unter den Gleisen ist aufgewühlt und mit Steinen gefüllt. Unzählige Baumstämme halten die

Glänzende Schlange vom Boden fern. Yuma kniet sich hin und streicht vorsichtig mit dem Finger über das tote Holz. „Wo immer der Weiße Mann die Erde berührt, hat sie Wunden", sagt er traurig.

Misu nickt. „Wir werden zum Weißen Mann reiten und ihn zur Rede stellen", sagt er entschlossen. „Wir werden ihm sagen, dass den Sioux und den Cheyenne die Bäume und die Bisons nicht gleichgültig sind."

„Ja, das werden wir!", stimmt ihm Yuma zu. „Nur – in welche Richtung sollen wir reiten?" Ratlos deutet er auf die Fährte des Stählernen Pferdes. Sie führt nach Osten und nach Westen – so weit das Auge reicht.

„Ich weiß es nicht", gesteht Misu leise. „Aber wir müssen …"

Er verstummt und blickt überrascht auf Howi. Das Pony wiehert ängstlich. Es hat den Kopf gehoben und blickt starr nach Osten. Die achtsam aufgestellten Ohren zucken nervös.

„Howi hört etwas", flüstert Misu. „Genauso wie gestern, als der Kojote um unser Lager schlich. Etwas nähert sich."

Kaum hat er das gesagt, beginnt die Glänzende Schlange zu summen. Misu kniet nieder und legt die Hand auf das kühle Eisen. Er spürt ein feines Beben, das langsam immer stärker wird. In der Ferne ertönt ein schriller Pfeifton.

„Hast du das gehört?“, fragt Yuma. Er hat große Mühe, sein unruhiges Pony festzuhalten.

„Ja! Das war der gleiche Ton, den wir gestern hörten, bevor die Bisons über die Prärie jagten.“ Mit einem Satz ist Misu wieder auf den Beinen und blickt sich um. „Da!“, ruft er aus. „Sieh nur, dort hinten: Der schwarze Punkt am Horizont spuckt Rauchzeichen in den Himmel. Und er wird immer größer.“

„Das muss das Stählerne Pferd der Weißen sein!“, ruft Yuma aufgeregt. „Schnell, wir müssen uns verstecken. Es kommt direkt auf uns zu.“

Misu reagiert sofort. Flink wie ein Wiesel rennt er los. Yuma will ihm folgen, aber Howi wehrt sich. Mit wirbelnden Hufen steigt das Pony auf die Hinterbeine und reißt

sich los. Das Stählerne Pferd kommt schnell näher. Das Summen der Glänzenden Schlange schwillt zu einem lauten Singen an, und der Boden bebt, als ob eine Herde Bisons über die Prärie rennt. Yuma bleibt keine Zeit mehr, sich um Howi zu kümmern. Schnell rennt er zu Misu, der Deckung hinter ein paar Sträuchern gefunden hat. Keine Sekunde zu früh.

Nur wenige Augenblicke nachdem Yuma den Schutz der Büsche erreicht hat, donnert das Stählerne Pferd an ihnen vorüber. Es stampft und schnauft so laut, dass sie sich die Ohren zuhalten müssen. Der Lärm ist ungeheuerlich.

Staunend starren die Jungen auf das Stählerne Pferd. Tuketu hatte Recht: Es ist wirklich riesig – und es ist nicht allein. Ihm folgen stählerne Wagen, die mit Baumstämmen, Säcken und Teilen der Glänzenden Schlange beladen sind. Endlose Augenblicke verstreichen, dann ist es vorbei. Das Stählerne Pferd verschwindet in der Ferne und mit ihm der Lärm. Nur die Rauchzeichen, die es unablässig in die Luft bläst, stehen noch am Himmel.

„Der Weiße Mann muss ein großer Zauberer sein, wenn er es schafft, solche Pferde zu erschaffen." Misu ist tief beeindruckt. Er kann seinen Blick nicht von den Rauchschwaden am Horizont abwenden, die langsam verblassen. Yuma dagegen sucht die Ebene nach seinem Pony ab, aber er kann es nirgends entdecken. „Howi ist weg!", murmelt er traurig.

„Howi ist ein kluges Pferd. Bestimmt läuft er zu eurem Lager zurück", sagt Misu, um seinen Freund aufzuheitern. Er steht auf und geht ein paar Schritte in die Richtung, in die das Stählerne Pferd verschwunden ist. „Komm, Bruderfreund!", sagt er. „Wir haben schon genug Zeit verloren."

Yuma sieht ihn kopfschüttelnd an. „Wie kommst du darauf, dass dies die richtige Richtung ist?", fragt er.

Woher weiß Misu, dass sie auf die weißen Männer treffen werden, wenn sie dem Stählernen Pferd folgen?

Im Lager des Weißen Mannes

„Weil die Wagen hinter dem Stählernen Pferd voller Dinge waren, die der Weiße Mann zum Bau der Glänzenden Schlange braucht", sagt Misu.

Yuma versteht kein Wort. „Warum sollte uns das Gepäck eines Pferdes die Richtung weisen?", fragt er.

„Na, das ist doch ganz einfach", erklärt Misu. „Die weißen Männer waren in eurem Lager, weil sie deinem Vater Land für den Bau der Glänzenden Schlange abkaufen wollten. Richtig?"

Yuma nickt.

„Euer Lager liegt von hier aus gesehen im Westen, und die weißen Männer wollen das Stählerne Pferd quer durch die Jagdgründe der Cheyenne treiben", erklärt Misu weiter. „Wenn wir nun der Glänzenden Schlange bis zu ihrem Ende folgen, dann finden wir auch die weißen Männer." Er grinst und deutet nach Westen. „Wir müssen in diese Richtung, Bruderfreund. Vertrau mir!"

„Also gut", sagt Yuma. „Versuchen wir es."

Lange folgen die beiden Jungen der Fährte. Es ist heiß, und sie kommen nur langsam voran. Erst als sich die Sonne dem Horizont nähert, entdecken sie in der Ferne das Lager des Weißen Mannes. In sicherer Entfernung halten sie an und beraten, was sie tun sollen.

„Die Ebene bietet am Tage zu wenig Schutz“, sagt Misu. „Wir sollten die Nacht abwarten. Wenn die Dämmerung hereinbricht, können wir uns an das Lager heranschleichen und den Weißen Mann belauschen. Dann werden wir hoffentlich erfahren, auf welchen Handel sich Wakiza eingelassen hat, und was die Weißen mit dem Heiligen Bündel der Sioux vorhaben.“

Mit untergeschlagenen Beinen machen es sich die Jungen auf dem harten Prärieboden bequem und warten auf die Dunkelheit. Sie haben Glück: Schon bald ziehen Wolken auf, und die Dämmerung legt sich schneller über die Prärie als erwartet.

Wenig später ist es so dunkel, dass sie gefahrlos aufbrechen können. Das große Lagerfeuer der Weißen weist ihnen den Weg. Je näher sie dem Lager kommen, umso mehr Einzelheiten können sie erkennen. Das Stählerne Pferd steht reglos mitten im Lager. Fünf Planwagen und ein paar niedrige Zelte stehen in einem großen Halbkreis um ein Lagerfeuer herum. Am Feuer sitzen mehrere Männer, die sich laut unterhalten. Ab und zu schallt grölendes Gelächter zu den Jungen herüber.

„Die Weißen schwätzen wie die Squaws", flüstert Misu spöttisch.

„Mein Vater sagt: Feuerwasser lässt die Worte der Weißen sprudeln wie das Wasser einer Quelle", erwidert Yuma und lacht leise.

Ein Blitz erhellt die Hügel am Horizont. Gleich darauf grollt Donner über die Ebene.

„Der Donnervogel breitet seine Schwingen über der Prärie aus", sagt Misu ehrfurchtsvoll.

Yuma nickt. „Er ist noch fern, aber wir sollten uns trotzdem beeilen."

Vorsichtig pirschen sie sich näher an das Lager heran. Es dauert nicht lange, dann können sie die Worte, die die Weißen sprechen, deutlich hören.

Misu kann die Worte nicht verstehen, aber ihr Klang kommt ihm seltsam bekannt vor. „Komisch", flüstert er. „Ich habe diese Sprache schon mal irgendwo …"

„Schscht ...!“ Yuma legt warnend den Finger an die Lippen. „Vielleicht kann ich verstehen, worüber sie sprechen.“

„Du sprichst die Sprache des Weißen Mannes?“ Misu ist so überrascht, dass er ganz vergisst, leise zu sprechen.

„Mein Vater lehrt mich, ihre Worte zu verstehen“, erklärt Yuma knapp. „Er sagt, als Sohn des Häuptlings werde ich es eines Tages brauchen.“

„Dein Vater ist wirklich sehr weise.“ Misu ist beeindruckt. „Und was sagen die Männer am Feuer?“

Yuma lauscht. „Sie feiern ein Fest“, sagt er schließlich. „Ich verstehe nicht alles, aber sie freuen sich wohl, weil sie bald mit dem Bau der Glänzenden Schlange fortfahren können. Sie sagen, dass sie dafür nur noch eine Brücke über den Fluss bauen müssen.“

„Aber auf der anderen Seite des Fluss liegen die Jagdgründe der Cheyenne. Sagtest du nicht, dein Vater hätte ihnen nicht erlaubt, die …"

„Still!" Mit einer knappen Geste bedeutet Yuma seinem Freund zu schweigen.

Wieder grollt Donner über die Prärie, diesmal schon viel lauter. Aber die Männer im Lager lassen sich davon nicht stören. Sie reden und lachen unbeirrt weiter. Misu zählt acht weiße Männer.

Nur acht?, denkt er. So wenig? Misstrauisch schaut er sich um. Die Pferde der Weißen grasen friedlich hinter den Zelten. Durch eine Lücke zwischen den Planwagen erkennt er noch zwei Männer, die sich hinter den Wagen

aufhalten. Der eine sitzt reglos am Boden. Offensichtlich sind seine Hände hinter dem Rücken gebunden. Der andere lehnt lässig an der Seite des Planwagens und schaut zum Lagerfeuer hinüber. Misu hat den Eindruck, dass er den gefesselten Mann bewacht. Irgendetwas an ihm stimmt nicht, überlegt Misu. Doch erst als der Mann den Kopf wendet, erkennt er, was es ist. Der Weiße Mann trägt ein Indianer-Stirnband mit drei Adlerfedern – den Federschmuck eines Cheyenne.

Doch gerade, als Misu Yuma erzählen will, was er entdeckt hat, ertönt im Lager lautes Gejohle. Die Männer am Feuer rufen den Mann mit dem Federschmuck zu sich. Zögernd löst er sich von seinem Platz. Der Sand knirscht unter seinen Stiefeln, als er humpelnd auf das Lagerfeuer zugeht. Das Laufen fällt ihm sichtlich schwer. Ab und zu bleibt er stehen und flucht leise. In diesem Moment erhellt ein greller Blitz den nächtlichen Himmel. Sein Licht fällt auf den Mann mit dem Federschmuck und zeichnet seinen Schatten deutlich auf die Wand des Planwagens.

„Großer Wakan Tanka!“, keucht Misu. „Yuma! Wir haben uns geirrt. Wir sind einer Spur quer durch die Prärie gefolgt, aber wir waren auf der falsche Fährte. Wakiza ist unschuldig.“

Wieso glaubt Misu, dass Wakiza unschuldig ist?

Der weiße Indianer

„Mein Bruderfreund spricht in Rätseln." Yuma schüttelt verwirrt den Kopf. „Was hat das zu bedeuten?"

„Das bedeutet, dass ich jetzt weiß, wer der wahre Dieb des Heiligen Bündels ist." Misu deutet auf den weißen Mann mit dem Federschmuck. „Er war es! Ich sah seinen Schatten, und ich hörte seine Stimme in der Nacht, als das Heilige Bündel gestohlen wurde!"

Er will noch etwas hinzufügen, als sich die Tür des Stählernen Pferdes quietschend öffnet und ein kleiner, dicker Mann die Leiter herunterklettert.

Die Männer am Lagerfeuer begrüßen ihn johlend. Sie reden so laut, dass Yuma keine Mühe hat, Misu zu übersetzen, was sie sagen.

„Hey, Billy!", ruft einer der Männer dem Dicken zu und schwenkt eine halbvolle Flasche. „Hast du endlich ausgeschlafen? Komm rüber und feiere mit uns."

Der Dicke reibt sich verwundert die Augen. „Was gibt es denn zu feiern?", fragt er verschlafen. „Ich dachte, ihr habt ein Problem mit den Rothäuten?"

„Pah, das Problem haben wir längst aus der Welt geschafft!", grölt der Mann mit der Flasche. „Genau so!"

Er greift sich ein Gewehr und feuert ein paar Schüsse in die Luft. Die anderen johlen und applaudieren.

„He, Leute, ihr habt euch doch nicht etwa mit den Rothäuten angelegt?“, ruft der Dicke entsetzt. „Die Eisenbahngesellschaft will eine friedliche Lösung mit den Indianern. Das wisst ihr doch.“

„Wir legen uns doch nicht mit den Rothäuten an“, ruft einer der Männer und grinst. „Das machen die schon untereinander!“

„Genau!“, ruft ein anderer. „Heute Nacht bereiten die Sioux den Kriegspfad gegen die Cheyenne vor und morgen: Peng! Dann ist der Weg für die Eisenbahn frei!“

„Und das alles nur wegen diesem Beutel voll Unkraut und altem Fell“, lallt ein dritter. Wieder johlen die Männer lautstark.

Der Dicke versteht offensichtlich nicht, wovon die

Männer reden. „Moment mal“, unterbricht er sie barsch. „Wieso führen die Indianerstämme plötzlich Krieg gegeneinander?“

„Das haben wir alles unserem Jonny zu verdanken!“ Der Mann mit der Flasche in der Hand steht auf und klopft dem Mann mit dem Federschmuck anerkennend auf die Schulter.

„Los, Jonny, erzähl Billy mal, wie du es geschafft hast, dass sich die Rothäute jetzt gegenseitig die Köpfe einhauen werden.“

Die nächsten Worte gehen in einem lauten Donnergrollen unter, aber Misu und Yuma haben ohnehin schon genug gehört. Vorsichtig kriechen sie rückwärts vom Lager fort.

„Du hast Recht. Es waren wirklich die weißen Männer, die das Heilige Bündel aus eurem Lager gestohlen haben“, flüstert Yuma. „Wir haben Wakiza großes Unrecht getan.“

„Der Weiße Mann will Krieg zwischen unseren Stämmen, damit der Weg für das Stählerne Pferd durch die Jagdgründe der Cheyenne frei wird.“ Misu ist sehr wütend. „Deshalb hat sich einer von ihnen als Indianer verkleidet und ist in unser Lager gekommen! Wakizas Halsband und die Mokassinspuren hat er absichtlich hinterlassen.“

„Woher hatten die Weißen überhaupt sein Halsband und seine Mokassins?“, überlegt Yuma. „Und was ist mit Wakiza geschehen?“

„Ich glaube, sie halten ihn gefangen“, sagt Misu und deutet in Richtung der Planwagen. „Im Licht des Donnervogels sah ich jemanden gefesselt am Rad eines Wagens sitzen!“

„Großer Wakan Tanka!“ Yuma späht zu den Wagen hinüber. „Dann müssen wir ihn befreien. Er ist der Einzige, der die Wahrheit kennt. Ihm werden die Häuptlinge Glauben schenken.“ Er bedeutet Misu, ihm zu folgen. „Komm schnell! Solange sie am Lagerfeuer ihren Sieg feiern, sind sie unaufmerksam.“

Wie Diebe in der Nacht huschen die beiden Jungen in einem weiten Bogen um die Planwagen herum. Sie müssen vorsichtig sein, denn das aufziehende Gewitter kommt rasch näher. Immer öfter erhellen Blitze den Himmel, und lautes Donnergrollen erfüllt die Nacht.

Hinter dem zweiten Planwagen entdecken sie eine zusammengesunkene Gestalt. Sie sitzt gefesselt und nur mit einem Lendenschurz bekleidet vor dem Rad eines Planwagens. Die Jungen sehen sich um, aber von Wachen ist weit und breit nichts zu sehen. Offensichtlich fühlen sich die weißen Männer sehr sicher. Yuma legt die Hände vor den Mund und ahmt den Ruf einen Käuzchens nach. Der Gefangene hebt den Kopf. Sein Gesicht ist dreckverschmiert, ein Auge geschwollen, aber Yuma erkennt ihn trotzdem.

„Großer Wakan Tanka!“, flüstert er entsetzt. „Deine Augen haben dich nicht getäuscht. Es ist wirklich Wakiza. Sie nahmen ihm seine Kleidung und seinen Schmuck. So war die Täuschung perfekt.“

Entschlossen zieht er sein Messer aus dem Gürtel. „Warte hier“, sagt er zu Misu. „Ich werde ihn befreien.“

Im Schein des Lagerfeuers beobachtet Misu, wie Yuma vorsichtig zu Wakiza hinüberkriecht. Der Krieger sieht sehr mitgenommen aus, aber er lacht, als er Yuma erkennt. Yuma legt einen Finger auf die Lippen und beginnt wortlos, die Fesseln an Wakizas Handgelenk durchzuschneiden. Es dauert eine ganze Weile, dann hat er es endlich geschafft. Mit einem kräftigen Ruck befreit

sich Wakiza von den letzten Fesseln und reibt sich die wunden Handgelenke. Yuma bedeutet Wakiza, ihm zu folgen. Gemeinsam kehren sie zu Misu zurück.

„Ich danke dem großen Wakan Tanka, dass er euch hierher geführt hat“, sagt Wakiza mit fester Stimme. „Doch jetzt ist nicht die Zeit zum Reden. Der Plan der Weißen darf nicht aufgehen. Es darf keinen Krieg geben zwischen unseren Stämmen. Wir müssen die Cheyenne warnen und die Sioux aufhalten.“

„Ich weiß auch schon wie“, sagt Misu. „Wir nehmen ihre Pferde. Alle! Dann sind wir schneller, und sie können uns nicht verfolgen.“

„Mein Bruderfreund hat gute Einfälle.“ Yuma will sofort loslaufen, aber Wakiza hält ihn zurück.

„Ich muss noch einmal zu den Wagen“, sagte er knapp. „Holt ihr die Pferde. Ich komme nach.“

Noch ehe Misu und Yuma etwas einwenden können, huscht Wakiza davon.

Die zehn Pferde schnauben unruhig, als sie die Jungen sehen. Aber es gelingt ihnen, die Tiere zu beruhigen.

Die Zeit drängt. Das Gewitter kommt immer näher. Schon fallen die ersten Regentropfen. Mit fliegenden Fingern lösen sie die Knoten der Halfter. Endlich haben sie es geschafft, aber von Wakiza ist weit und breit nichts zu sehen.

Die Männer am Feuer reden und johlen noch immer. Sie haben die Flucht des Gefangenen noch nicht bemerkt. Auch der Regen scheint sie nicht zu stören.

Misu blickt besorgt zum Himmel hinauf. „Der Donnervogel ist nicht mehr weit“, flüstert er. „Wo bleibt Wakiza so lange?“

„Er wird kommen!“, erwidert Yuma. „Ein Cheyenne hält immer sein Wort.“ Er will noch etwas hinzufügen, da schlagen auf einmal grelle Flammen aus einem der Planwagen. Die Männer am Lagerfeuer lachen nun nicht mehr. Mit einem Satz sind sie auf den Beinen. Aber sie sind zu langsam. Auch ein zweiter Planwagen steht jetzt in Flammen.

In seinem Feuerschein erkennen die beiden Jungen Wakiza. Er rennt mit einem Bündel unter dem Arm genau auf sie zu. Nur wenige Augenblicke später hat er sie erreicht. Mit einem gewagten Satz schwingen sich die drei Indianer auf die Pferde und preschen los. Laut johlend treiben sie alle anderen Pferde aus dem Lager der Weißen.

Jetzt haben auch die Männer vom Lagerfeuer die drei Indianer entdeckt. Schon fallen die ersten Schüsse.

„Duckt euch!“ Wakiza beugt sich über den Hals seines Pferdes und bedeutet Misu und Yuma, es ihm gleichzutun. Gut geschützt von den Pferden preschen sie in die Prärie hinaus.

„Das war knapp“, keucht Misu, als sie endlich langsamer reiten.

„Sehr knapp“, antwortet Yuma. Er ist ganz außer Atem.

„Ja, das war es!“, stimmt ihnen Wakiza zu. „Aber es wird die Weißen lehren, sich nicht mit uns Indianern anzulegen.“ Er macht eine kurze Pause und blickt kopfschüttelnd zurück ins Lager der Weißen. Als er weiterspricht, klingt seine Stimme sehr wütend. „Vor vier Tagen überfielen mich die weißen Männer auf der Jagd. Sie schleppten mich in ihr Lager, machten sich lustig über mich und raubten mir meine Kleidung. Zuerst wusste ich nicht, warum sie das taten. Aber die Weißen sind so geschwätzig wie die Squaws. Sie wussten nicht, dass ich ihre Worte verstehen kann, und so hörte ich, was sie planten.“

„Sie wollten das Heilige Bündel der Sioux stehlen“, unterbricht ihn Yuma. „Aber die Sioux sollten glauben, dass es die Cheyenne waren, damit es Krieg unter unseren Stämmen gibt. Dafür brauchten sie deine Kleidung.“

Misu nickt. „Unser Häuptling fand ein Halsband der Cheyenne im Zelt unseres Medizinmannes. Das war für ihn Beweis genug. Aber für mich nicht! Denn ich beobachtete den Dieb in der Nacht, und mir kamen Zweifel.“

„Der Weiße Mann ist listig wie ein Fuchs, aber auch falsch wie eine Schlange. Fast hätte er sein Ziel erreicht.“

Wakiza hebt den Arm und hält das Bündel hoch, das er aus dem Lager mitgenommen hat, sodass Misu und Yuma es gut sehen können: Es ist das Heilige Bündel der Sioux!

In seiner Stimme schwingt Stolz mit, als er weiterspricht: „Ich sah, wo sie das Heilige Bündel versteckten, und ich schwor mir, es den Sioux zurückzubringen, sobald ich freikommen würde. Heute Nacht werden wir gemeinsam den Schwur erfüllen. Und wir werden die Sioux und die Cheyenne lehren, einander mehr zu vertrauen – so wie ihr es uns vorgemacht habt.“ Er nickt Misu und Yuma anerkennend zu. „Es ist immer besser, erst zu reden, bevor das Kriegsbeil ausgegraben wird.“

Mit diesen Worten wenden die drei Krieger ihre Pferde und reiten davon – in Richtung des Flusses und des Lagers der Cheyenne.

Lösungen

Nächtliche Schatten

Weil der Dieb nicht in der Sprache der Cheyenne gesprochen hat. Sonst hätte Misu die Worte verstanden, als der Dieb im Zelt geflucht hat.

Bruderfreunde

Yuma hat am Horizont die Rauchzeichen gesehen, mit denen die Sioux ihren Medizinmann aus der Prärie zurückrufen, damit dieser den Kriegstanz anführen kann.

Auf Spurensuche

An den unterschiedlich tiefen Abdrücken der Mokassinspuren. Der Dieb war verletzt und humpelte. Deshalb ist ein Fußabdruck ganz und der zweite immer nur halb zu sehen. Außerdem findet sich in einigen Abdrücken ein wenig Blut.

Die Spur führt nach Süden

Eigentlich schlafen Füchse am Tag in ihrem Bau und kommen erst nachts heraus, das nennt man nachtaktiv.

Obwohl es schon Mittag ist, ist dieser Fuchs immer noch draußen. Er kann nicht in seinen Bau, weil etwas den Eingang versperrt.

Donnerndes Land

Yuma hat ein Hufeisen in dem weichen Präriesand entdeckt. Solche Hufeisen benutzen nur die weißen Männer für ihre Pferde.

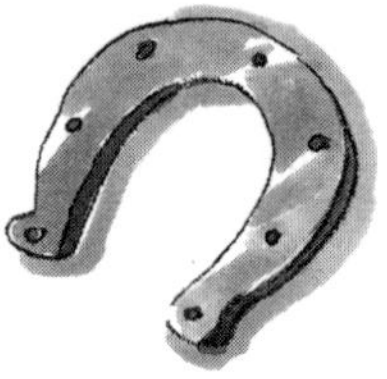

Begegnung in der Prärie

Es ist Tuketu, der Medizinmann der Siuox. Misu hat ihn an dem Salbeigeruch erkannt, der ihm anhaftet, wenn er zur Beschwörung der Geister seine Kalumet raucht.

Das Stählerne Pferd

Misu hat die Eisenbahnschienen entdeckt, die der Weiße Mann für das Stählerne Pferd durch die Prärie verlegt. Die neu verlegten Gleise blinken in der Sonne, als diese durch die Wolken bricht.

Das Ziel vor Augen

Die Wagen, die das Stählerne Pferd hinter sich herzog, waren voll beladen mit Bauteilen für die Eisenbahn. Da die Eisenbahnstrecke sich noch im Bau befindet, weiß Misu, dass der Zug in Richtung der Baustelle fährt.

Im Lager des Weißen Mannes

Misu hat den Schatten der Wache wiedererkannt. Es ist genau derselbe Schatten, den er in der Nacht auf seiner Zeltwand gesehen hat, als das Heilige Bündel gestohlen wurde. Und jetzt weiß er auch, warum ihm die Sprache der Weißen so bekannt vorkam. Er hat sie schon einmal gehört: Im Zelt des Medizinmannes! Und die Tatsache, dass der Mann offensichtlich am Fuß verletzt ist, überzeugt Misu ganz: Nicht Wakiza, sondern die Weißen haben das Heilige Bündel gestohlen.

Glossar

Adlerfedern: begehrtes Abzeichen mutiger Krieger, die eine außergewöhnliche Tat vollbracht haben

Assiniboine: Stamm aus der Sprachfamilie der Sioux, der ebenfalls zu den großen Bisonjägern in der Prärie gehörte

Cheyenne: Stamm der Prärieindianer. Sie gehörten zu den großen Reitervölkern Nordamerikas.

Donnervogel: Fabelwesen aus der Mythologie der nordamerikanischen Indianer. Sie glauben, ein Zwinkern mit dem einzigen Auge des Donnervogels erzeugt die Blitze, und die Bewegung seiner Schwingen löst den Donner aus. Er ist eine himmlische Macht.

Glänzende Schlange: Bezeichnung der Indianer für Eisenbahnschienen

Feuerwasser: So nennen die Indianer die alkoholhaltigen Getränke der Weißen, weil sie so im Hals brennen.

Friedenspfeife: wurde bei Friedensverhandlungen

	zur Festigung der Abkommen herumgereicht. Ihr Rauch wurde in alle vier Himmelsrichtungen geblasen.
Heiliges Bündel:	Geschnürtes Bündel aus Fell oder Leder mit heiligem Inhalt. Es enthält eine Sammlung verschiedener Dinge, z.B. Pfeifen, Bisonschwanz, Fellstücke, Tabak, Pfeilspitzen und Kräuter.
Irokesen:	Volk der Waldindianer. Sie wurden wegen ihrer grausamen Kriegsführung gefürchtet.
Kalumet:	Indianische Friedenspfeife mit einem Pfeifenkopf aus rotem, kunstvoll geschnitztem Stein. Sie wird nur bei besonderen Anlässen geraucht.
Klapperschlange:	giftigste Schlange in der Prärie Nordamerikas
Königsnatter:	ungiftige Prärieschlange
Kolonie:	Ansammlung vieler Tiere, die in einer großen Gemeinschaft zusammenleben
Korallenschlange:	sehr giftige Schlange in Nordamerika
Kriegspfad:	Angriff der Indianer auf einen feindlichen Stamm
Medizinmann:	Der Medizinmann ist der Mann der Geheimnisse. Er kann mit den

	unsichtbaren Mächten in Verbindung treten und die Schutzgeister anrufen.
Mokassins:	lederne Schuhe der Prärie- und Waldindianer
Stählernes Pferd:	Bezeichnung der Indianer für die Eisenbahn
Strumpfbandnatter:	harmlose Prärieschlange in Nordamerika
Pinto:	kleines, auffallend geschecktes Reitpferd
Plains:	halbtrockenes Land vor den Rocky Mountains. Die Plains gehen im Osten allmählich in die Prärie über.
Planwagen:	Pferdekutsche mit zeltähnlich überdachter Ladefläche
Prärie:	weites Grasland in Nordamerika zwischen dem Mississippi im Osten und den Rocky Mountains im Westen
Rauchklappe:	Öffnung im oberen Teil des Tipis, die dem Rauchabzug dient
Rauchzeichen:	Damit verständigen sich die Indianer in der Prärie. Je nach Form und Farbe der Rauchwolken können Botschaften über weite Entfernungen geschickt werden.

Reservation: letzter, begrenzter Lebensraum, in den man die Ureinwohner Nordamerikas zurückgedrängt hat. Die Indianer sollten dort nach ihren alten Gewohnheiten und Bräuchen leben können.

Roter Fleck: Markierung der Adlerfeder. Für jeden getöteten Feind erhielten die Krieger einen roten Fleck auf der Feder.

Rocky Mountains: größtes Gebirge in Nordamerika

Rothäute: Schimpfwort der weißen Männer für die Indianer

Schwitzhütte: indianische Form der heutigen Sauna. Steine werden im Feuer erhitzt, dann in die Schwitzhütte gelegt und mit Wasser begossen.

Sioux: Einen echten Stamm der Sioux gibt es nicht. Der Name ist ein Oberbegriff für die Angehörigen der Stämme der Lakota, Dakota und Nakota, die die gleiche Sprache sprechen.

Squaw: Indianerfrau

Tipi: leichte Zelte der Prärieindianer aus Leder, die sich schnell auf- und abbauen lassen

Wakan Tanka:	So nennen die Sioux den großen Geist, der alles erschaffen hat. Bei anderen Stämmen heißt er z.B. Manitu.

Indianernamen

Ahanu:	der Lachende
Cholena:	Vogel
Misu:	gekräuseltes, bewegtes Wasser
Tuketu:	Staub aufwirbelnder Bär
Howi:	Turteltaube
Wakiza:	verwegener Kämpfer
Yuma:	Sohn des Häuptlings

Zeittafel

Vor 1500	Die Sioux leben als kleines Volk sesshafter Waldindianer im heutigen North Carolina vom Fischfang und der Jagd, vom Beerensammeln und vom Mais- und Getreideanbau.
um 1600	Andere indianische Völker vertreiben die Sioux aus ihrem Heimatgebiet. Nach und nach werden aus den sesshaften Bauern Bison jagende Nomaden.
1740	Die Sioux entdecken das Pferd als Lasten- und Reittier und nutzen es zur Bisonjagd. Neben den Cheyenne zählen die Sioux bald zu den besten Reitern der Prärie und der Plains.
1760	Die Sioux werden das mächtigste Volk in der Prärie. Ihre Jagdgründe umfassen ein Gebiet von 1,5 Millionen Quadratkilometern.
Ab 1840	Die Einflüsse der weißen Einwanderer machen sich zweifach bemerkbar: Die Stämme der Shoshone und der Crew greifen die Sioux mit den Gewehren der Weißen an und liefern sich blutige Kämpfe. Zudem verteilen die Weißen großzügig Schnaps an die Indianer, der diese schnell alkoholabhängig macht.

1843 Die Sioux erobern bei einem Überfall auf die Pawnee die heiligen Pfeile der Cheyenne und geben diese an ihre Besitzer zurück. So gewinnen die Sioux die Cheyenne als ihre wichtigsten Verbündeten.

1851 Große Zusammenkunft vieler Indianerstämme mit Vertretern der Weißen in Fort Laramie, zu der rund 10.000 Indianer kommen. Gemeinsam beschließen sie einen Waffenstillstand mit den Weißen und erlauben diesen in Verträgen, Straßen und Forts im Indianergebiet zu bauen. Als Gegenleistung für die friedliche Nutzung des Indianergebiets verpflichten sich die Weißen zu regelmäßigen Zahlungen an die Indianer, die jedoch nie fließen werden.

1854 Die Sioux und die anderen Stämme bemerken, dass die Weißen sich nicht an die Verträge von Fort Laramie halten. Die Sioux beginnen mit Überfällen auf die Siedlertrecks.

1862 Bau der Transkontinentalen Eisenbahn. Die großen Bisonherden verschwinden aus der Prärie, die Indianer verlieren so ihre Lebensgrundlage.

1874 Die Goldfunde in den Black Hills ziehen Scharen von Weißen in das Kernland der Sioux.

1876 Die Indianer erringen ihren größten Sieg gegen die Weißen in der Schlacht am Little Bighorn. Trotzdem bleibt ihre Lage hoffnungslos. Hunger und Kälte treiben die meisten Siouxgruppen schließlich in die Reservationen.

1889 Die Sioux-Reservationen werden in sechs kleine Einzelgebiete aufgeteilt, die bis heute existieren.

1890 Der letzte große Aufstand der Indianer am Wounded-Knee-Creek wird von den Kanonen der Weißen blutig niedergeschlagen.

1924 Gegen ihren Willen werden die Indianer offiziell Bürger der USA. Sie müssen von nun an auch Militärdienst leisten. Hohe Steuern zwingen die Indianer dazu, noch mehr Land an die Weißen zu verkaufen.

1951 Das Alkoholverbot für Indianer wird aufgehoben. Die elende Lage der Indianer in den Reservationen verschlimmert sich zusehends.

1977 Abgeordnete der Sioux und anderer Stämme sprechen auf der UNO-Konferenz in Genf, um auf ihre Lage aufmerksam zu machen.

1981 Die Sioux fordern die Rückgabe der Black Hills, die durch die Ausbeutung der Bodenschätze durch die Weißen zusehends zerstört werden.

Das Leben der Indianer

Vor vielen tausend Jahren sind die Vorfahren der Indianer von Asien nach Amerika eingewandert. Sie folgten als Jäger den Mammuts, Rentieren und Bisons über eine schmale, eisige Landbrücke im Norden Amerikas, die zu dieser Zeit die beiden Kontinente miteinander verband. Vom heutigen Alaska aus besiedelten sie in Richtung Süden das noch menschenleere Land. Im Laufe der Zeit entwickelten sich die verschiedenen Gruppen und Kulturen. Sie nannten sich zum Beispiel Mayas, Azteken oder Sioux.

Viele tausend Jahre lang lebten sie auf ihrem riesigen Erdteil, ohne etwas von der übrigen Welt zu wissen. Und die übrige Welt wusste nichts von ihnen.

Erst als im Jahre 1492 der spanische Seefahrer Christoph Kolumbus auf der Suche nach einem Seeweg nach Indien zufällig auf die Küste Amerikas stieß, nahm die übrige Welt von Amerika Notiz. Unter dem Einfluss des so genannten Weißen Mannes änderte sich das Leben der Ureinwohner Amerikas ebenso grundlegend wie ihr Name.

Weil Christoph Kolumbus zunächst glaubte, einen

Seeweg nach Indien gefunden zu haben, nannte er die Menschen, die er dort antraf, Indianer. Ein Name für alle Stämme, der sich bis heute erhalten hat.

Dabei waren das Aussehen und das Leben der verschiedenen Indianer-Gruppen sehr unterschiedlich. Die Besonderheiten ihrer Umwelt wirkten sich auf ihr Aussehen und ihre Lebensweise aus. So gab es z. B. Waldindianer, Prärieindianer und Küstenindianer.

Irokese Cheyenne Pueblo Sioux

Zu den bekanntesten Waldindianern zählen die Irokesen. Sie rodeten den Wald und legten Äcker an, auf denen sie Mais, Bohnen, Tabak und Kürbisse anbauten. Die Waldindianer wohnten in Wigwams, runden Wohnhütten, die aus einem Stangengerüst bestanden, das mit Baumrinden und geflochtenen Matten bedeckt wurde.

Die Pueblo-Indianer hingegen wohnten in großen, aus Lehm gefertigten Häusern, die oft an Felswänden oder in Schluchten gebaut wurden. Sie waren bis zu fünf Stockwerke hoch. Die Pueblo-Indianer waren gute Töpfer und Tuchweber.

Das typische Bild, das wir von einem Indianer haben, prägt aber der Prärieindianer mit Federhaube und Lederbekleidung, Tipis, Pfeil und Bogen, Pferden und Bisons. Durch Abenteuerbücher und -filme zählen die Apachen, die Cheyenne und die Sioux zu den bekanntesten Stämmen. In Wirklichkeit gab es aber wohl allein in Nordamerika mehrere hundert Stämme.

Die Prärieindianer waren zumeist Nomaden, die im Sommer den riesigen Bisonherden hinterherzogen. Sie lebten in Tipis, jenen zusammenfaltbaren Zelten, die der ganzen Familie als Wohn- und Schlafraum, als Küche und als Spielzimmer dienten.

Während die Frauen für Zelt, Kleidung und Essen zuständig waren, gingen die Männer auf die Jagd oder zum Fischfang. Kehrten sie am Abend erfolgreich zurück, war es die Arbeit der Frauen, das Fleisch zuzubereiten.

Ihre Kinder behandelten die Indianer wie kleine Erwachsene. Sie redeten nicht mit ihnen in Babysprache, sie schlugen sie nie und verzichteten auf jedes harte Wort. Die Kinder lernten alles, was sie zum Leben brauchten, indem sie es den Eltern nachmachten.

Bis etwa zum fünften Lebensjahr blieben die Kinder bei ihrer Mutter, die sie versorgte und sie bei der Arbeit oft auf dem Rücken trug. Ab dem fünften Lebensjahr wurden die Jungen und Mädchen getrennt. Die Mädchen blieben bei der Mutter, die ihnen alles zeigte, was sie über Nahrungszubereitung und Haushaltsführung wissen mussten. Die Jungen wurden von nun an vom Vater erzogen. Er zeigte ihnen, wie man reitet, fischt und schwimmt. Er unterrichtete seine Söhne im Bogenschießen und Kämpfen und nahm sie mit auf die Jagd nach Bären, Hirschen und Bisons.

Mit 13 oder 14 Jahren wurden Indianerkinder erwachsen. Für die Mädchen wurde es Zeit, sich nach einem Ehemann umzusehen. Die Jungen mussten Mutproben bestehen, um als Krieger anerkannt zu werden. Erst wenn sie ihre Tapferkeit bewiesen hatten, bekamen sie einen Kriegernamen.

Sport und Wettspiele waren bei den Indianern sehr beliebt. Mit wilden Pferderennen, Wettläufen, Ballspielen und Bogenschießen hielten sie sich auch in friedlichen Zeiten fit und kampfbereit.

Wurde ein Indianer krank, besuchte ihn der Medizinmann. Er war Zauberarzt, Priester, Wahrsager und Weiser in einer Person und zählte zu den wichtigsten Mitgliedern des Stammes. Mit ihrem Wissen um die Kräfte der Natur heilten die Medizinmänner viele Patienten.

Die Indianer lebten im Einklang mit der Natur: Pflanzen und Tiere waren für sie wie Brüder und Schwestern. Deshalb fügten sie ihnen auch keinen Schaden zu. Sie nahmen nur so viel, wie sie zum Leben brauchten und dankten dem Großen Geist mit kleinen Opfern für das, was er ihnen gab. Die Natur auszubeuten und sie zu zerstören war für die Indianer ein großes Verbrechen.

Sie glaubten, dass die Erde die Mutter aller Dinge sei. Deshalb konnte auch niemand die Erde kaufen und besitzen: Das Land gehörte allen, genauso wie das Wasser, die Luft und die Wolken.

Medizinmann der Sioux

Der Bau der Eisenbahn

Um 1800 zogen etwa 50 Millionen Bisons über die Prärie Nordamerikas. Aber mit der raschen Besiedlung des Kontinentes durch die Weißen nahm die Zahl der Bisons so dramatisch ab, dass sie um 1890 fast ausgerottet waren. Zwischen 1800 und 1850 wuchs die amerikanische Bevölkerung von 5 auf 23 Millionen Menschen an. Goldsucher zog es nach Kalifornien, Farmer und Siedler drängten auf der Suche nach Land nach Westen. Die Reise mit den Planwagen oder der Postkutsche war lang und beschwerlich. Einzige Nahrungsquelle während der oft wochen- oder monatelangen Reise durch die Prärie waren die Bisons. Die Siedler schossen aber oft mehr Tiere, als eigentlich notwendig war.

Um den Westen schneller zu erschließen, wurde im Jahre 1863 mit dem Bau der transkontinentalen Eisenbahnstrecke begonnen. Zwei Eisenbahngesellschaften, die Central Pacific von Osten und die Union Pacific von Westen, begannen mit tausenden von Arbeitern und Ingenieuren den Bau dieser Eisenbahn, die sechs Jahre später den gesamten nordamerikanischen Kontinent von Ost nach West durchqueren sollte. Der Bau der Eisenbahn wurde den riesigen Bisonherden in der Prärie zum Verhängnis, denn die Gleise führten genau durch die Jagdgebiete der Prärieindianer und schränkten die Wanderbewegung der Bisons stark ein.

Bisonjäger, die von den Eisenbahngesellschaften angestellt wurden, schossen die Bisons zu zehntausenden ab, um die vielen Menschen zu ernähren, die an dem Bau der Eisenbahn beteiligt waren. Anders als die Indianer, die jedes Teil des Bisons verwerteten, nahmen die Jäger jedoch nur das beste Fleisch der Tiere und ließen den Rest liegen.

Die Bisons hatten große Angst vor der zischenden, tosenden Dampfeisenbahn. Ganze Herden wurden durch den Lärm kopflos. Sie gerieten in Panik und griffen die

Züge an. Dabei rannten sie alles über den Haufen, was ihnen im Weg stand. Schwächere Tiere wurden dabei oft zu Tode getrampelt.

Die Bisons waren die Lebensgrundlage der rund 50.000 Indianer der Plains und der Prärie. Als sie bemerkten, was mit den Bisons geschah, waren sie entsetzt. Mit aller Kraft versuchten sie, den Bau der Eisenbahn zu verhindern. Immer wieder überfielen sie die Lager der Arbeiter oder hetzten die Bisons geschickt gegen die Schienenbauer.

Aber auf Dauer konnten sie den ungleichen Kampf nicht gewinnen. Die Speere und Bögen der Indianer hatten den Maschinen und den Gewehren der weißen Männer nichts entgegenzusetzen. Tausende von Bisons wurden mit modernen Feuerwaffen einfach abgeschlachtet. Die Eisenbahngesellschaften boten reichen Weißen die Gelegenheit, an einer Bisonjagd von der Eisenbahn aus teilzunehmen. Vom Zug aus schossen diese Bisonjäger wahllos in die riesigen Herden, getroffene Bisons wurden einfach liegen gelassen.

Auch die neuen Siedler, die nun mit der Eisenbahn zu tausenden in das Land der Indianer kamen, sahen in den Bisons eine Bedrohung für ihre Farmen. Denn wenn die großen Herden über ihre Felder zogen, war die Ernte völlig verdorben. Deshalb töteten auch die Farmer viele Bisons.

Als die Weißen merkten, dass sich mit dem Verschwinden der Bisons ihr Einfluss auf die Indianer erheblich vergrößerte, machten sie so lange Jagd auf die Bisons, bis sich die letzten Herden in den unbewohnten Norden zurückzogen.

So war der Bau der Eisenbahn der Anfang vom Ende der großen Bisonherden. Bis zum Jahr 1890 entgingen nur etwa 550 Tiere der Ausrottung.

Die Vernichtung der Bisonherden brachten Hunger, Krankheit und Elend über die Indianer: Ohne ihre Lebensgrundlage waren sie darauf angewiesen, mit den Weißen Handel zu treiben. Weil sie nichts anderes hatten, schossen die Indianer Bisons, um die Felle an die Weißen zu verkaufen. So trugen auch die Indianer ihren Teil dazu bei, dass die Bisons schließlich fast ausstarben.

Der Handel machte die Indianer von den Weißen abhängig. So waren sie schließlich gezwungen, schlechte Verträge mit den Weißen abzuschließen, in denen sie ihr Land an die Weißen abtraten und nur wenige Gebiete für sich behielten: Die Reservationen.

„Ich bin auf der Prärie geboren, wo der Wind frei wehte, wo es keine Zäune gab und alles frei atmete. Jetzt ist es zu spät. Der weiße Mann besitzt das Land, das wir lieben, und wir wollen doch nur über die Prärie ziehen, bis wir sterben."

Zitat von Parra-wa-samen (Ten Bears),
Comanche, 1867

Die Autorin

Sabine Streufert, geb. 1965, arbeitet seit 2001 als freiberufliche Autorin. Neben zahlreichen Kurzgeschichten für Kinder liegt der Schwerpunkt ihrer Arbeit im Bereich des Kinder- und Jugendbuches sowie des Hörspiels.

Die gelernte Schauwerbegestalterin und Bürokauffrau ist verheiratet und hat zwei Kinder. Sie lebt mit ihrer Familie in einem kleinen Dorf in der Nähe von Kiel.

Die Illustratorin

Eva Spanjardt, geboren in Düsseldorf, hat Grafik-Design studiert. Nach Praxis-Jahren in der Werbung startete sie als Illustratorin in die Selbstständigkeit und arbeitet seitdem erfolgreich für Kinderbuchverlage, Kinder-TV und Magazine. Mehrere Jahre lang lehrte sie als Dozentin für Grafik-Design an der Fachhochschule Düsseldorf. Eva Spanjardt lebt in Meerbusch bei Düsseldorf.

Lesefix Wissensdetektive

ISBN 978-3-8112-2915-0

Die Pagen Philipp und Alessandro sind beunruhigt: Ihr Freund Friedrich, der junge König von Sizilien, ist seit Tagen verschwunden. Zwar hat er sich schon oft in Palermo herumgetrieben, aber so lange war er noch nie fort. Und ohne seinen Falken würde er normalerweise keinen Schritt tun. Ob die geheimnisvollen acht Ritter etwas mit Friedrichs Verschwinden zu tun haben? Philipp und Alessandro machen sich auf eine gefährliche Suche …

gondolino

Lesen + Raten = Wissen

ISBN 978-3-8112-2916-7

ISBN 978-3-8112-2917-4

gondolino